L'Été à l'œuvre

Marie Rozenn Brard

L'Été à l'œuvre

roman

PHÉBUS

www.editionsphebus.fr

ISBN : 978-2-7529-1425-5

Qu'est-ce qui fait que l'on s'éprend, comme ça, au premier regard, sans jamais s'être vus avant ? Il y a des rencontres qui se font et d'autres, toutes les autres qui nous échappent, nous sommes tellement inattentifs… Parfois nous croisons quelqu'un, il suffit de quelques mots échangés, et nous savons que nous avons à vivre quelque chose d'essentiel ensemble. Mais il suffit d'un rien pour que ces choses-là ne se passent pas et que chacun poursuive sa route de son côté.

Claudie Gallay, *Les Déferlantes*

TRAVERSÉE

La petite pièce était un refuge dans la grande maison. Ça n'était pas une pièce de rassemblement. Il arrivait, rarement, qu'on s'y croise. On, ma mère et moi. Les autres y venaient pour un besoin ponctuel, concret. Ma mère, moi, nous y passions du temps. La porte restait souvent ouverte. Depuis le couloir attenant à la chambre et transformé en dressing, on apercevait la petite pièce débordée par ses étagères chaotiquement remplies de livres, de bibelots, d'albums photos. Un vélo d'appartement couvert de poussière occupait un coin. Assise sur la selle, j'avais vue sur toute la rue depuis la fenêtre à peine plus grande qu'un hublot. Des fils couraient partout. Une tentative de les cacher dans une goulotte semblait avoir échoué. Quelques scratchs de couleur les rassemblaient derrière un moniteur beige. L'ordinateur était un nouvel appareil dans la maison, nous apprenions à nous en servir. Il occupait une place honorable, accaparant une bonne moitié du bureau. Des miettes constellaient çà et là les interstices du clavier aux touches protubérantes. Ma mère aimait particulièrement venir ici, s'initier aux fonctionnalités de l'ordinateur et examiner les possibilités qui s'offraient à elle avec ce nouvel engin. Je pensais que, dans une autre vie, elle aurait pu être informaticienne. Elle avait la patience et la ténacité pour tenter de comprendre les usages et les processus techniques de ce nouvel outil qu'était l'informatique.

Je me retranchais moi aussi régulièrement dans cet endroit de la maison, et je fermais la porte sur l'odeur des vêtements maternels. Je tenais à mon intimité. J'appuyais sur le bouton de l'unité centrale. J'aimais ces minutes de latence après avoir allumé la machine. J'en profitais pour fouiller dans les tiroirs, regarder des photos déposées en vrac dans des boîtes à chaussures, sinon j'admirais le plafond, emplie d'une joie impatiente, les pieds sur le bureau, exerçant des poussées légères pour me balancer dans le fauteuil noir incliné.

Quand enfin l'écran était passé du noir au vert, je cliquais fébrilement sur la petite enveloppe en bas à gauche pour accéder au logiciel de messagerie électronique.

Ce moment d'attente devant l'écran noir était délicieux. Une attente merveilleuse, interminable, foisonnante. Elle s'achevait, toujours. L'excitation y succédait si mon compte apparaissait en gras, et ce, avant même d'en identifier l'expéditeur : j'avais reçu un e-mail.

L'ordinateur m'offrait la possibilité de communiquer si facilement par écrit, si rapidement, cela m'éblouissait.

J'aimais savoir que le monde fourmillait derrière les murs, j'aimais m'imaginer reliée à tous, camarades, cousines, cousins, amies, tous ces autres, loin de moi, uniquement par ces fils électroniques branchés entre l'ordinateur et la prise murale de la petite pièce.

Avant l'ordinateur, j'avais passé des heures à écrire de longues lettres, allongée sur mon lit d'enfant, ou appliquée sur le bureau de ma chambre. Nous avions déménagé il y avait quelques années de cela, et je m'étais sentie depuis loin du centre de la vie. Loin de mes amis d'enfance, loin de la sécurité rassurante de l'entourage qui m'avait été familier. J'avais recopié d'année en année les emplois du temps de mes anciens camarades dans mes propres agendas scolaires, à côté du mien, afin d'avoir toujours la sensation d'être avec eux. J'utilisais peu le téléphone, je voyais ces amis lors de nos retours dans ma région natale. Les lettres que je recevais et que j'ai conservées religieusement dans trois boîtes en plastique étaient accompagnées de dessins, de photos, elles étaient pleines d'anecdotes du quotidien. Une même lettre pouvait parfois se déployer sur plusieurs jours et cela me ravissait de prendre connaissance *a posteriori* d'événements entrecoupés de digressions enjouées – « pardon, je reprends après plusieurs jours d'interruption », « excuse-moi, j'ai dû m'absenter pour aller à la danse mais ça y est, je reprends mon stylo et tiens, d'ailleurs, Noëlle m'a dit de t'envoyer une bise ». J'aimais ces drôles d'apartés, lignes entre les lignes qui m'invitaient à embrasser ce quotidien lointain. Noëlle était notre professeure de danse. Ce temps d'écriture, ce temps de lecture me reliaient à tout ce que j'avais perdu. J'adorais lire, relire ces lettres. J'y avais passé beaucoup de temps. Cela m'avait éloignée du présent, que je rechignais de toute façon à incorporer.

Les messages acheminés par l'ordinateur avaient peu à peu remplacé les lettres. Depuis ma découverte de la magie de la messagerie électronique, mes échanges s'étaient multipliés, accélérés, diversifiés. Jusqu'alors, les lectures, quelques sorties, ma famille et les lettres suffisaient à remplir mon univers. Mais un grain de sable s'immisça dans cette routine rassurante. L'ordinateur avait permis l'irruption de l'aventure au sein même de la petite pièce.

Tout avait commencé quand Antoine, un ami d'enfance, avait envoyé un e-mail groupé concernant un concert à venir. Il savait que je venais passer quelques jours chez ma grand-mère tous les étés. J'avais lu scrupuleusement chaque nom de la liste des autres destinataires du message. Je ne connaissais qu'une ou deux personnes. Avait suivi la réponse d'un certain Yann, adressée à toutes et à tous. J'avais trouvé cela audacieux de se manifester ainsi auprès de nous. Sa réponse m'avait fait rire. De mon côté, j'avais confirmé à Antoine par un message destiné à lui seul que je serais là. J'avais ajouté que c'était sympa d'avoir pensé à moi. Comme chaque année, je commençais à compter les jours restants avant de revoir les amis d'enfance avec qui j'avais conservé des liens forts. J'avais perdu le contact avec quelques-uns. Mais avec Antoine, Marion, Émilie, le lien perdurait, malgré la distance, malgré les années. Le lendemain, j'étais revenue dans la petite pièce consulter la messagerie. Antoine avait renchéri à la blague de Yann par une autre et avait ajouté dans son message :

Spéciale dédicace à Elsa, je la vois d'ici se marrer derrière son écran.

S'il avait pu, il m'aurait aussi vue rougir. Cela m'avait mise mal à l'aise. Antoine et Yann devaient connaître, eux, tous les destinataires, et j'étais la seule inconnue du groupe. Cela m'avait flattée, un peu, aussi. Je m'étais alors sentie obligée de produire une réponse à mon tour, et j'avais écrit, puis effacé, puis écrit, puis réécrit plusieurs brouillons avant d'opter pour un maladroit :

Bonjour tout le monde !
En effet, j'ai bien ri, merci pour les blagues !
Elsa

Le lendemain, un nouveau message, de Yann cette fois, et à moi, seulement.

Salut Elsa,
Je suis bien content que ma blague t'ait fait rire.
Yann

J'avais souri. Cela m'avait surprise, agréablement surprise. Et intriguée. J'avais fait fi de ma timidité pour lui répondre. L'écrit me facilitait les choses.

Bonjour Yann,
Si tu en as d'autres, n'hésite pas.
Elsa

Très vite, de nouveaux échanges, toujours aussi courts, avaient suivi, puis un peu plus longs, un peu moins bateau. Une longue conversation intermittente avait finalement commencé entre nous. Ma hâte des e-mails de Yann, de plus en plus étoffés, grandissait chaque jour. Une relation étrange s'était instaurée : beaucoup de blagues, un peu de notre quotidien, pas tant que ça de banalités, des « et tu connais... ? », « et tu es déjà allée à... ? », autant de mots qui nous rapprochaient immanquablement l'un de l'autre. J'avais même confié à Yann quelques-unes de mes émotions, ressenties lors de tel ou tel événement retranscrit dans un message. Je les partageais ordinairement peu.

C'était en juin, la fin de l'année scolaire pour moi, je disposais de temps libre. Je travaillais dans une boulangerie pour mettre quelques sous de côté, me payer les vacances. La lumière du matin, quand je partais, m'émerveillait chaque fois. Je me sentais dans ces courts instants infaillible et puissante, seule dans un vieux bus. Je me remémorais les échanges avec Yann, j'arrivais joyeuse à la boulangerie. J'aimais servir les clients, leur tendre le pain chaud et leur rendre la monnaie. Rire avec Babette, ma collègue du matin, une bonne femme énergique qui ne cessait de me parler de sa retraite prochaine et combien elle saurait en profiter. Épousseter la farine répandue partout sur le comptoir, sur mon tablier, la caisse enregistreuse, les vitrines. Repartir avec du pain frais et quelques viennoiseries. Quand je rentrais, à midi, je me précipitais invariablement dans la petite pièce. La maison était calme, la sensation de cacher un secret me galvanisait.

L'e-mail de Yann m'avait déconcertée ce jour-là. Je m'en souviens encore :

Bonjour Elsa,

Le soleil brille ce matin. J'ai sorti mon bateau. Je me suis dit que ça pouvait te tenter, une petite virée. T'en dis quoi ?

Yann

À plusieurs reprises, j'avais relu les quelques lignes. D'abord, la panique. Que répondre ? Que faire ? Il m'invitait comme ça, je ne le connaissais que par claviers interposés, je n'avais même jamais vu sa tête. Qu'en penseraient mes parents ? Me laisseraient-ils partir ? Ceci dit, je venais de fêter mes 18 ans, et l'envie de m'évader me taraudait. Pourquoi pas, après tout ? Ma grand-mère m'accueillerait quelques jours, comme convenu, et pendant ces quelques jours, un rendez-vous pouvait s'organiser. Une escale. *Je ne prends pas trop de risques, c'est un copain d'Antoine*, avais-je pensé. Ne pas prendre le risque serait pire que prendre le risque. Je lui avais répondu avec nervosité :

Bonjour Yann,

Le soleil brille aussi ici.

C'est drôle que tu m'imagines dans ton bateau. Quelle idée !

Bon, je vais quand même y réfléchir, ça pourrait me tenter.

Par contre, je te préviens : je ne sais pas si j'ai le mal de mer, c'est un risque à prendre.

Elsa

P.-S. : Tu as le droit de changer d'avis, si tu as peur que je vomisse partout.

Je me demande parfois ce qui m'a pris, ce jour-là. Dire oui, dire « je viens », prendre mon billet de train, partir. Mes seules aventures se résumaient jusqu'alors à quelques jours passés dans un camping avec des copains du lycée, l'été entre la première et la terminale, et à quelques soirées avec ces mêmes copains. Je n'aimais pas sortir, je me forçais de temps à autre, pour ne pas paraître trop bizarre.

J'étais sage, d'une sagesse presque suspecte pour mon âge. Alors, dire oui à cette invitation depuis le fauteuil de la petite pièce m'avait emplie de fébrilité. À la lecture du message de Yann, soudainement, j'avais éprouvé un besoin brutal de humer, voir, sentir, toucher, apprendre. Mettre les voiles. À 18 ans, pour beaucoup cela aurait été facile. Pour moi, ça avait été comme une prise d'armes. Cette rébellion s'organisa toutefois dans un périmètre relativement sécurisé, juste ce qu'il faut d'aventure et de mystère. Mais j'avais eu l'impression de conquérir la Terre, moi si prudente, si timorée.

Une fois le message expédié, j'avais éprouvé à nouveau, quelques secondes, pas plus, un sentiment de panique, effarée par mon impulsivité. Mon affolement s'était rapidement mué en joie. J'avais souri, longtemps, derrière l'écran, d'un sourire incrédule, le sourire de quelqu'un qui a gagné sans trop savoir comment. C'est ainsi que cela avait commencé. De fil en aiguille, les contours de ma venue s'étaient précisés. Prévenir ma grand-mère, passer une nuit chez Yann, voguer sur le petit bateau. Partir à l'abordage.

Yann patientait dans le café près de la gare, enveloppé par cette odeur capiteuse et compacte de PMU. Quand il m'arrive aujourd'hui d'approcher l'un de ces bars sombres que je ne fréquente plus, les effluves échappés par la porte ouverte me chamboulent. Ça n'était pas la première fois que je prenais ce train pour retrouver la ville de mon enfance. J'y revenais seule, régulièrement, depuis deux ou trois ans. Mais d'habitude, je sortais de la gare et je marchais dans les rues grises jusqu'à la maison de ma grand-mère. Pas cette fois-ci. Ma grand-mère ne m'y accueillerait que dans deux jours, debout sur le pas de sa porte, guettant mon arrivée.

Cette fois-ci, Yann m'attendait. Je n'avais pas peur. J'aurais pu, je ne le connaissais pour ainsi dire pas. Seuls quelques e-mails et un ami commun nous reliaient. Je l'avais aperçu avant que lui ne me voie. J'avais peut-être été un peu déçue. Les yeux furetant entre sa tasse de café et l'entrée du bar, le crâne que je ne pensais pas trouver légèrement dégarni ; à l'affût de mon arrivée, il me guettait.

Quelques secondes d'hésitation, et puis je m'étais avancée vers lui, comme à reculons, les jambes ankylosées, le ventre noué, mais un sourire plaqué aux lèvres. Une bise, deux, ce mouvement de tête maladroit quand on ne sait pas. Je m'étais assise face à lui, encombrée de ma valise et de mon corps. Je ne sais plus ce que j'avais commandé, un café peut-être, je ne sais plus ce qu'on s'est dit non plus. Notre gêne nous tenait compagnie. Deux expressos et beaucoup de silences plus tard, il était temps de partir. Yann m'avait embarquée dans sa voiture. L'habitacle était plutôt bien rangé, des CD dépassaient des compartiments dans les portières, quelques mégots traînaient au fond du cendrier.

Ce premier soir au volant, il avait roulé ses cigarettes d'une main. Ça m'avait impressionnée. Nous avions traversé la ville jusqu'à emprunter une petite route, tourner à droite sur un chemin, et nous étions arrivés. Yann habitait une caravane installée dans une ancienne fonderie. Cela paraissait exotique. Je ne lui avais pas posé de question d'emblée sur cette caravane, sur cette fonderie. Il l'avait évoquée dans ses messages, m'avait prévenue. Et, rassurée par notre premier contact au bar, sa réserve aussi, je savourais simplement le moment. Il m'avait laissé la caravane la première nuit. J'étais un peu embarrassée de le savoir allongé sur un lit de camp sous un abri de fortune. Je ne me voyais pas cependant étaler mon intimité. Ça n'avait pas semblé le déranger.

– Elle est mise sur chandelles, m'avait-il indiqué.

Face à mon regard interrogateur, il avait ajouté :

– La caravane, elle est stabilisée, elle ne bouge pas.

Je n'avais pas dormi.

J'avais pris le temps d'observer le lieu. Une caravane comme il n'en existe plus, ou très peu, identique à celle de mes grands-parents. Je m'étais demandé si elle avait appartenu à ceux de Yann. Elle n'avait rien de luxueux. Une trace de rouille ornait l'entourage de la vitre avant, la carrosserie était jaunie. Les angles arrondis avaient dû paraître modernes, une bulle accueillante, propice à la détente des vacanciers. Yann m'avait expliqué que la caravane comportait une banquette convertible en couchage pour deux personnes à l'arrière, et la même chose à l'avant. La banquette arrière, sur laquelle j'étais allongée, il ne la repliait jamais, c'était son lit, recouvert d'un drap quelconque, bleu ciel, sans motif, ou délavé, et d'une couette orange, douce au premier abord, mais qui m'avait vite agacée, car trop lisse et glissante. Un seul oreiller.

Je contemplais depuis le lit les banquettes fleuries de l'avant, entre lesquelles se trouvait une table rectangulaire aux bouts convexes. Toujours à mes interrogations, je m'étais attardée sur le tissu qui les recouvrait. Était-ce celui d'origine ? Les banquettes de la caravane de mes grands-parents étaient recouvertes d'un tissu orange rayé de marron, dont la matière rêche grattait mes cuisses nues lors des repas. Entre les deux, face à la porte se trouvait un évier, une table de cuisson, une penderie. Aucune décoration, aucune affiche. Je n'avais pas osé me lever pour regarder à l'intérieur de la penderie, malgré mon envie, de peur que Yann m'entende. Entre la porte et le lit deux places se trouvait le coin toilette avec lavabo. « Si jamais tu veux te débarbouiller, te brosser les dents », m'avait précisé Yann quand il m'avait fait la visite des lieux. Pas de douche, par contre, car il n'avait pas eu le temps de remplir le réservoir d'eau et « ça ne suffira pas pour une douche, ce qu'il reste ». Il m'avait paru un peu embarrassé. Cela ne me gênait pas, de ne prendre ma douche que le lendemain. Une tasse en ferraille séchait à côté de l'évier, avec une fourchette et un couteau. J'avais aimé être dans la caravane. Cela m'avait rappelé mes vacances, enfant, la joie de me retrouver comme dans une maison de poupée, le plaisir d'ouvrir les placards et les coffres sous les banquettes, m'extasier qu'un si petit espace puisse contenir un rangement. Je m'étais sentie bien le soir de mon arrivée.

Le premier jour, une balade avait occupé nos heures partagées, avec de beaux paysages et l'immensité de ma liberté. Yann me parlait. Il me draguait, gauche, malhabile. Un peu moins de dix années nous séparaient. Le lendemain, il avait sorti le bateau d'un coin de la fonderie. Je trouvais cela chic d'avoir un bateau, même petit.

– Une yole de Ness, m'avait-il dit.

Des mots que je n'avais jamais entendus. C'est doux, « une yole », à prononcer.

C'est une expérience de se hisser dans un bateau. La première fois il y a la maladresse pour grimper, le pied qui tangue, la peur de glisser. L'équilibre remis en cause. Ça change les perspectives. Et puis la brise qui s'abat sur les joues, rouges comme si avant on n'avait jamais vécu, le sel sur les lèvres, je voudrais le lécher encore, ce sel, et ce corps, mon corps là, entier, ravivé. J'avais même tenu la barre. Capitaine du petit bateau, c'est pas rien.

Quand on avait accosté, ma tête tournait. Le mal de terre. À se demander si je n'avais finalement pas trouvé l'équilibre sur la mer. J'avais alors ressenti pour Yann un début d'intérêt, une légère attirance. L'idée de prolonger de quelques jours mon séjour me trottait dans la tête. Ce que peut faire un accessoire quand l'homme seul ne suffit pas.

Je m'étais posé la question à plusieurs reprises depuis que j'étais arrivée à la fonderie. Yann avait évoqué comment il avait rencontré Antoine deux ans auparavant, et comment, bien que Yann soit plus âgé, ils étaient devenus copains. Mais ce qui m'intriguait, surtout, c'était l'aspect technique des choses : comment Yann, qui vivait sans rien dans cette fonderie, disons presque sans rien, avait pu répondre à cet e-mail d'Antoine ?

– Tu ne comprends pas quoi ?

– Je ne comprends pas pourquoi nos routes se sont croisées, cet e-mail, et tous les suivants : tu les envoies d'où ?

– Ce n'est pas parce que je vis avec pas grand-chose que je vis complètement déconnecté. Je vais au cybercafé, lire et taper mes messages.

J'avais pu remarquer, à l'occasion, quelques cybercafés au détour d'une rue, des tables accolées les unes aux autres dans un espace étriqué, séparées par des panneaux tristes, de la moquette grise, des murs recouverts d'affiches moches. Ça ne m'avait jamais donné envie d'y entrer. Yann avait tenu à m'emmener là où il allait se connecter. Une enseigne avec une tête de chien, des vitres sales et un comptoir poisseux, quelques clients épars, et un ordinateur au fond. Le patron, un homme gras, arborait fièrement une queue-de-cheval retenant ses quelques cheveux restants.

– Alors, c'est elle ? avait-il éructé, rigolard, en nous voyant entrer ensemble.

Je lui avais lancé un regard torve, blessée que Yann ait pu raconter notre histoire au premier tenancier de bistrot venu. Le visage impassible, Yann n'avait même pas cherché à se justifier. C'est une force que j'ai acquise à ses côtés. Prendre les choses moins à cœur. Nous avions commandé un café et nous étions attablés, en attendant que l'ordinateur se libère.

– Quand j'ai vu ta réponse à l'e-mail d'Antoine, j'ai eu envie de te répondre. La suite, tu la connais.

J'avais prévenu ma grand-mère. Mes parents. Un coup de fil rapide, qu'ils ne s'inquiètent pas, je savais ce que je faisais. Je restais à la fonderie, avec Yann.

« Oui, tout va bien… Non, je ne sais pas encore… Un copain d'Antoine, oui… Je fais du bateau, j'ai envie de rester… Antoine et Céline, sa copine, sont là… Oui, j'irai la voir, promis. »

Ma grand-mère ne s'était pas privée de me dire à quel point elle était déçue et qu'est-ce qu'elle allait faire de toutes ces courses ? Mais Yann m'avait parlé d'une traversée, quelques jours, pas plus, et cela justifiait en soi toutes ses déceptions. Je n'avais pas hésité :

– Oui, je viens avec toi.

Les détails fournis par Yann avaient été concis. Juste ce qu'il fallait pour susciter mon envie. Il s'agissait d'accompagner les sorties en mer d'un autre bateau, et « pas n'importe quel bateau », avait-il précisé. Yann m'avait alors décrit un projet de réinsertion sociale qui avait été mené par la municipalité. Pour redonner confiance et estime de soi à une poignée d'individus sans autre point commun que leur RSA. De ce projet était né un groupe d'hommes, et une femme, rassemblés autour de morceaux de bois et d'un rêve de navigation. Il y avait eu des rires, des abandons, beaucoup d'ampoules et quelques échanges musclés.

Yann s'était greffé au groupe pour donner un coup de main ponctuel, il y était resté. Le chantier avait été installé le long d'un canal, dans un entrepôt désaffecté racheté par la mairie en vue de la construction d'un futur immeuble. Le canal amenait à un semi-port auquel on accédait par une écluse assez étroite. On disait l'endroit peu recommandable, la nuit surtout.

Il m'était arrivé d'y aller petite. Ma grand-mère nous y emmenait quand elle nous gardait, ça n'était pas si loin de chez elle à pied. Ma grand-mère nous emmenait aussi en balade au cimetière, où nous aimions jouer à cache-cache entre les tombes. Dans ma mémoire, des murs de tôle gris et des bancs vides se succédaient le long du quai que nous arpentions. Des bateaux tristes s'embourbaient dans la vase.

Les participants du chantier arrivaient les uns après les autres le matin, et parfois en début d'après-midi. Il fallait aussi reprendre goût au labeur et aux horaires. Ça n'avait pas été immédiat. Le chef de chantier coordonnait tout cela, aidé d'un psychologue-assistant social. Des élus passaient de temps à autre, c'était l'occasion de faire une photo pour le journal municipal, parfois même pour la presse locale.

Les participants au chantier étaient-ils volontaires ? Yann l'ignorait. Quelques-uns n'étaient pas revenus, après quelques jours d'essai. Malgré cela, le pari avait été tenu.

Je connaissais déjà quelques noms de celle et ceux qui étaient restés, Yann me les avait énumérés : Napo, Béa, Mick, Patrick et d'autres dont je ne me souviens plus aujourd'hui. Je m'étais représenté leurs visages, d'après les bribes de récits de Yann. Je le sentais ému en me parlant d'eux.

– Ils en ont bavé, sur ce chantier. Moi aussi, un peu. Mais pas autant quand même. Chacun a donné de sa personne.

J'étais séduite, par le groupe, par le projet, je voulais caresser le bois de ce bateau dans lequel s'était incrusté un peu de chacun et chacune. J'aurais même voulu suer avec eux, sur le chantier.

La première fois, on les avait rejoints en mer. Je portais une vareuse rose que Yann m'avait donnée. Je ne me rappelle plus d'où elle venait. Je me sentais empruntée. Dans le petit bateau, il m'avait raconté à nouveau le chantier, l'insertion, le groupe. Les heures de travail, les mains calleuses, les bières pendant la pause. À l'approche de la yole, sous le vent, des saluts chaleureux avaient fusé du navire en bois dont nous nous étions approchés. Mon regard avait d'emblée été attiré par le visage d'un homme qui semblait ailleurs, les paupières baissées, une cigarette au coin des lèvres. Quelqu'un, debout à l'avant du bateau, avait gesticulé à notre approche et crié quelques mots à Yann qui avait eu l'air de comprendre et avait alors entrepris une manœuvre, me demandant de border la voile en tirant sur la corde. L'autre bateau avait pris du large, nous laissant à nouveau seuls. Un chant de marins avait résonné au loin. J'avais craint, à cet instant, de ne pas être à ma place.

Après une heure ou deux, la yole avait fini par se rapprocher de la côte. J'avais eu l'impression que Yann prolongeait ce moment, flottant. Nous étions seuls. Nous ne parlions pas. Nos mains se frôlaient. Il me souriait. Je savourais le vent et ne pensais à rien, même pas à lui. À l'homme aperçu sur le bateau, un peu. Son visage m'avait happée. Ses yeux mi-clos, ce regard que j'avais senti stupéfait, ou peut-être même hautain. Son geste de la main, époussetant je ne sais quoi.

– Oh, Napo, tu pionces ou quoi ?

Napo était assoupi sur le banc de nage. La cendre, en tombant sur son genou, lui avait causé une douleur vive. Les cris avaient fusé, de manière simultanée. Le désarroi, l'incompréhension, la confusion. Son regard alerté avait mis quelques secondes à se régler sur les alentours. Il avait aperçu Mick qui levait la main et le capitaine qui soulevait sa casquette en guise de salut. Une petite yole tentait de dépasser le bateau. Il n'avait pas identifié les visages à bord. Le vent était plat ce jour-là, pas une brise sur la mer.

Il s'était débarassé de la braise sur son jean d'un revers de manche. Un petit trou apparaissait. Un de plus. Il avait fini par reconnaître Yann sur le bateau qui s'approchait. Napo l'avait croisé à l'occasion, dans des concerts. Il avait discuté plusieurs fois avec lui. Il se souvenait de conversations laborieuses. La façon de vivre de Yann surprenait Napo. Tout seul, dans sa caravane. Même pas un chien pour lui tenir compagnie. « Une entrave », avait-il assené un jour à Napo qui ne lui avait pas demandé s'il parlait d'un chien ou des autres.

De le voir là, en pleine mer, sur son bateau avec cette fille, ça l'avait surpris. Il ne lui connaissait pas de copine. Napo avait rallumé sa cigarette et salué Yann d'un hochement de tête. Le capitaine s'égosillait par-dessus bord : « Pors Gwen. » Yann avait eu l'air de comprendre.

Napo s'était à nouveau attardé sur le trou dans son pantalon en se désespérant qu'on remette le youyou en branle. Après avoir tant trimé sur cette vieille peau de vache, ce qui l'intéressait, lui, c'était d'en profiter, avec les autres, les copains, ceux qui s'étaient esquinté les mains, plié le dos, brûlé les doigts, éreinté les yeux à côté de lui pour dérouler les cordages, les peaux, recouvrir de suint, assembler la coque. Ceux qui en avaient eu marre parfois, qui râlaient que ça ne servait à rien, qu'un stage en couture de peaux de vaches ne leur apporterait pas grand-chose, pas la vie dont ils rêvaient, en tout cas. Ceux qui tiraient les autres, qui y croyaient dur comme fer, qui se voyaient déjà charpentiers de marine, une petite affaire dans une rade du coin. Le capitaine avait crié de reprendre les rames et l'équipage était déjà à la manœuvre. Napo avait jeté un regard derrière lui. Il ne voyait plus la petite yole.

Le soir même, Yann et moi avions retrouvé sur la terre ferme les membres de l'équipage du gros bateau. Un port nous accueillait, calé dans une crique comme s'il avait toujours été là. Des festivités se déroulaient sur l'avancée en béton plongeant dans la mer. Yann m'avait présentée rapidement, quelques bises avaient claqué. L'homme dont le visage avait happé mon regard se tenait dos à moi. J'avais observé sans retenue ses cheveux emmêlés, rêches, pareils aux cordes des bateaux. Je mourais d'envie de l'approcher. Je ne bougeais pas. Lorsqu'il s'était retourné, mon regard n'avait pas dévié. Une barbe plus que naissante enveloppait ses joues, de multiples trous argentés paraient ses oreilles. Une cigarette pendait à ses lèvres. J'avais fini par détourner les yeux mais continué à le scruter en coin. Je parcourais ses tatouages sur les bras, passais en revue les signes sur son tee-shirt, examinais les franges en bas de son jean effiloché. Avec les autres, le contact avait été simple. Pourtant, après cette première impression de mépris que j'avais ressentie, il s'était juste détourné. Mes œillades par-dessus les épaules des uns et des autres ne semblaient pas l'atteindre. Yann ne m'avait pas présentée à lui. Je m'étais demandé pourquoi, puis j'avais opté pour un oubli.

– T'as des ampoules ?

Nous n'étions plus que tous les deux au comptoir de la buvette. J'avais ri bêtement, la question m'avait déconcertée. À entendre sa voix rocailleuse, roulant par-dessus le clapotis des vagues, je m'étais fait la réflexion qu'il n'aurait pas pu en avoir une autre.

– Oui.

J'avais ajouté maladroitement :

– Je m'appelle Elsa.

Il avait pris le temps de me dévisager. Je lui avais laissé le temps de le faire. Ses yeux s'étaient agrippés au duvet au-dessus de mes lèvres, avaient achoppé sur mes oreilles, s'étaient agrandis, décontenancés de ne trouver aucun trou, aucune marque, sur mon visage. C'est comme ça que Napo m'avait acceptée. Je lui avais tendu une main pleine d'ampoules, la vareuse rose toujours sur le dos, un sourire large comme la Manche. Ça faisait longtemps que quelqu'un ne lui avait pas tendu une main, comme ça, pour le saluer, offerte en simple signe de bienvenue. Il l'avait prise, serrée, puis tournée vers le ciel pour l'ouvrir délicatement. Napo avait inspecté mes paumes minutieusement. Je n'avais pas quitté des yeux son visage embroussaillé.

– Si tu continues, faudra protéger tout ça. Tu risques de douiller sinon.

Les présentations s'étaient arrêtées là. Il ne m'avait pas donné son nom. Mais je le connaissais déjà. Après ça, on avait trinqué, et puis parlé de choses et d'autres. Il en était même venu à me parler de son chien. Il n'avait pas pu l'emmener sur le bateau, ça l'aurait rendu malade. Une amie le gardait.

Yann avait tout prévu et apporté deux sacs de couchage. Il m'avait dit qu'on resterait dormir sur place, et j'avais imaginé bêtement un bâtiment avec des lits superposés, une sorte de colonie de vacances pour marins de passage. Quand il m'avait pris la main pour m'entraîner vers le bateau, j'avais eu un mouvement de recul. J'avais froid et faim – la bière, ça ne nourrit pas. J'avais perdu le compte du nombre de fois où je m'étais rendue dans les toilettes de chantier posées sur le petit port, et qui commençaient à sentir fortement l'urine. Je voulais de vraies toilettes, je voulais me laver les dents, boire quelque chose de chaud. L'idée d'une nuit dans le bateau me tentait moyennement.

– On va se coucher ? T'es pas fatiguée ?

– Si, je suis fatiguée.

– OK, c'est par là alors.

– C'est par là où ?

– Par là, suis-moi.

Nous dormions bel et bien sur le bateau.

Le lendemain, après une nuit humide à ignorer ma vessie gonflée, l'odeur d'un café m'avait redonné un peu d'énergie. Mon regard s'était posé sur Yann endormi, puis je m'étais extirpée de la yole. Il n'avait rien tenté, comme depuis que j'étais là. Il respectait ma distance prudente. Il me plaisait pourtant. Je n'aurais su dire ce qui me retenait. Aurait-il été plus entreprenant que sans doute, oui. Mais voilà, je n'étais pas pressée, la situation me convenait, même si je sentais parfois se poser sur moi son regard dans l'expectative.

J'avais rejoint prestement l'Algeco abritant les toilettes, puis m'étais dirigée vers la buvette. Napo était déjà là. Il m'avait tendu un gobelet gondolé par la chaleur du liquide.

– Tu viens avec nous, aujourd'hui.

L'intonation de sa voix ne m'avait pas permis de définir s'il s'agissait d'une question ou d'une affirmation.

– Je ne sais pas, je crois que Yann a prévu qu'on vous suive avec la yole, mais il veut faire une halte dans un coin qu'il aime bien.

– Dommage… c'est pas tous les jours que tu monteras sur un bateau comme ça.

Je pressentais déjà que Yann n'apprécierait pas trop, mais j'avais envie de rester avec Napo. Le suivre me paraissait évident. Nous avions bu notre café, seuls face au port, les mouettes autour de nous, à l'affût d'éventuelles miettes à chaparder.

– T'inquiète, j'en parle à Yann.

Yann n'avait pas pu dire non. Il avait juste vérifié que

c'était bon de mon côté et avait crié à la volée qu'il cherchait un coéquipier pour la journée. Un des gars s'était proposé, ravi de tester la yole. J'avais emboîté le pas à Napo en direction du bateau. Il m'avait prodigué quelques conseils sur la manière de grimper sur le pont, de tenir la rame. Salué le capitaine. Puis il s'était assis en me laissant une place, et n'avait plus prononcé un mot. Ma traversée a commencé là. Chaque fois, par la suite, j'aimais, quand on sortait du port, m'asseoir avec Napo pour ramer. Nos rythmes s'accordaient. Napo ne chantait pas avec les autres. J'avais vite eu des cals à l'intérieur des mains, là où ma peau avait toujours été douce. J'en étais fière. Les manœuvres me fascinaient. Faire bouger cette grosse embarcation, glissant sur l'eau, se faufilant entre les coques, je ne me lassais pas de regarder.

La vieille peau de vache. Napo l'appelait ainsi. Cette vieille peau de vache. Je ne comprenais pas pourquoi. Il m'avait expliqué : pendant le chantier, cinquante peaux de vaches avaient été cousues à la main, à doubles et triples coutures, sur la coque. Napo m'avait relaté tout le reste, apportant des détails que Yann avait oubliés : le suint de laine de mouton passé à chaud, les fils trempés dans la graisse pour les assouplir, les voiles. Ses doigts se souvenaient encore de la rigidité des tissus et des peaux, de la difficulté à percer les trous, à tenir l'aiguille parfois.

– Tout ça pour notre vieille peau de vache. En vrai, ce bateau, ça s'appelle un curragh, mais vieille peau de vache, je préfère, avait conclu Napo en riant.

Un curragh. Je naviguais sur un curragh.

Finalement, Yann avait ramené la yole au hangar et s'était hissé lui aussi sur le curragh. Lui comme moi avions décidé de rester quelques jours avec l'équipage, le temps de rejoindre d'autres ports où le bateau devait être montré. J'avais été séduite par l'ambiance sereine à bord, les vannes fusant pourtant entre les voiles, suivies de rires, de répliques et de chants. L'équipage, dont la cohésion datait du chantier, m'avait adoptée simplement, sans remarques, sans questions, comme si l'acceptation par Napo valait adoubement. Il n'était pas le plus âgé ni le plus chaleureux de la bande. Mais il dégageait un truc, un truc qui m'avait aimantée à lui. Yann le vivait mal. Du moins en avais-je parfois l'impression. Je ne parvenais cependant pas à me comporter autrement. Cette situation m'encombrait, je culpabilisais vis-à-vis de Yann envers qui je me sentais redevable. Grâce à lui, j'avais rencontré Napo.

Ma frivolité réjouissait Napo. Je surjouais, souvent, j'en rajoutais des caisses dans mes rires et mes mimiques. J'aimais le voir sourire, quitte à me rendre ridicule. Yann surgissait parfois au milieu de mes gesticulations, s'asseyait, écoutait lui aussi. Je le regardais alors, je le trouvais beau. Son visage lisse et son front dégagé, son regard franc, noir et profond. Jamais un reproche, mais cette muette attente. J'aurais voulu parler à Napo pendant des heures et des heures. Je voulais qu'il m'apprécie. Je sentais quelque chose en moi se déployer face à la mer étale de son regard. Souvent, Napo s'endormait. Assis sur le banc de nage, parfois sa cigarette fumant seule au bord de ses lèvres. Nous l'enlevions alors délicatement. Au milieu même d'une conversation. Je mettais ça sur le compte de l'alcool, ingurgité comme une besogne quotidienne à accomplir. Ça ne cessait de me dérouter, ces assoupissements soudains. Il se retirait de la vie, et ce plusieurs fois par jour.

Yann m'avait parlé d'un copain qui venait de temps en temps filer un coup de main sur le chantier, boire une bière parfois, après le boulot, ou avant, selon son roulement. D'après Yann, il s'était aperçu assez rapidement que quelque chose clochait et, un soir, il avait alpagué Napo dans un coin de l'atelier. Ils s'étaient parlé, longtemps. Le copain en question semblait vouloir convaincre Napo de quelque chose. Napo avait levé les yeux au ciel, s'était tourné vers la coque du bateau, et avait fini par regarder ses pieds.

– De quoi tu as causé, pendant si longtemps, avec Napo ? l'avait questionné Yann.

– Je l'ai observé et j'en suis presque sûr. Je ressasse depuis un moment, ça me travaille. Il me dit que non, que je me trompe.

– Quoi ?

– T'as pas remarqué qu'il est absent, comme ça, souvent ?

– Comme ça comment ? Dans la lune, parfois, oui, mais

il est comme ça, Napo, il a besoin de s'isoler du groupe, y a des fois où on le fatigue avec nos conneries.

– Oui, oui, je dis pas, mais ça me tracasse. J'en ai vu un, un gars comme ça, une fois dans le service, il était hospitalisé pour une chute sans gravité et puis, quand il a décrit tous ses symptômes, en discutant avec le médecin, on lui a prescrit des tests, je crois me souvenir qu'il soupçonnait un trouble un peu grave.

Yann était resté perplexe et avait longuement hésité sur sa façon de réagir.

– Tu respires trop l'éther, mon pote, ça te réussit pas l'hôpital. Tu vois des malades partout.

– Peut-être, ouais, t'as peut-être raison.

« Raphaël est infirmier, m'avait précisé Yann après m'avoir rapporté la scène. Il en voit passer des cas et des malades, il leur sert à manger, il les lave, les torche, il leur donne à boire, il leur parle. Il les écoute, surtout. Du coup, il a toujours plein d'anecdotes, il sait pas mal de choses sur les douleurs qu'un corps peut ressentir. »

Et Yann, après cela, s'était mis lui aussi à observer Napo, pendant ses moments d'absence. Ça revenait quand même régulièrement, ce regard confus, un relâchement des épaules, la tête penchée. Et ce silence. Au milieu d'un rire parfois. Dans le chantier, chacun avait ses troubles, ses manies, ses plaies. Chacun s'autorisait à les afficher, ici plus qu'ailleurs. Pas un pour rattraper l'autre, alors on ne jugeait pas. Ça n'empêchait pas les moqueries de fuser parfois. Mais même aux moqueries, pendant ces moments-là, Napo ne réagissait pas.

– Oh, tu dors ou quoi ?

Yann avait secoué l'épaule de Napo ce jour-là. Fort, et longtemps. Rien, pas de réaction.

– Oh, Napo, tu me passes le fil ?

Yann en avait reparlé avec Raphaël. C'est vrai que c'était louche, quand même. Alors oui, Napo ne lésinait pas sur sa consommation d'alcool, et il avait des années derrière lui encore pires que celle-là, ça avait dû amocher son cerveau. Mais quand même.

– Napo, tu as vu un médecin, récemment ?

– Un médecin, pour quoi faire ? Tu te fais du souci pour ma plaie ?

Napo s'était entaillé la main en voulant trancher un morceau de cuir coriace, une vilaine blessure qu'il avait soignée à coups de désinfectant et de sparadraps. Le chef du chantier avait insisté pour l'emmener aux urgences, mais rien à faire, Napo n'avait rien voulu entendre. Il avait d'autres chats à fouetter. Raphaël avait apporté une trousse à pharmacie, un soir qu'il était passé, et il avait nettoyé et bandé tout ça. Ça ne cicatrisait pas si mal.

– Non, ça c'est bon, avait rétorqué Yann. T'es un costaud. Non, mais je crois que Raphaël a pas tort, y a un truc qui cloche chez toi.

Napo avait levé, puis baissé la tête. Il s'était massé le cou, gratté le menton. Il avait reniflé, sorti un paquet de tabac de la poche de sa veste, une feuille.

– Ouais, c’est ça, Yann. Y a un truc qui cloche chez moi, c’est sûr. Mais tu sais quoi ? Chez toi aussi, y a un truc qui cloche.

J'avais tenté à plusieurs reprises d'entamer une conversation avec Béa. Elle était la seule femme de l'équipage et, bêtement, j'avais pensé que cela nous rapprocherait. De son côté, sans me témoigner d'hostilité, elle n'avait pas cherché pour autant à entrer en contact avec moi. Nous nous étions retrouvées un après-midi toutes les deux allongées en fond de cale, pas loin l'une de l'autre. Je me reposais. Nous nous étions couchés tard la veille. Le bateau glissait tranquillement. Des bruits sourds traversaient la coque. Le soleil irisait nos visages au gré des ondulations des voiles dans le vent. Je regardais Béa lire. Je la soupçonnais d'avoir coupé ses cheveux elle-même, court, un jour, comme ça, avec des ciseaux émoussés trouvés dans un tiroir rempli de vieilleries. Des mèches inégales tombaient sur ses joues, d'autres, hirsutes, se dressaient sur le haut de son crâne, et une longue mèche courait dans son dos.

Béa lisait un livre dont la couverture jaunie semblait

sortie tout droit des années quatre-vingt. Des visages d'enfants sans corps se découpaient sur un fond marron de poutres emmêlées, comme la charpente d'un grenier. Au premier plan, devant un bandeau bleu sans intérêt, des mains d'adulte aux doigts osseux couronnés d'ongles manucurés enserraient le visage d'un chérubin. Je reconnaissais cette couverture. J'avais vérifié d'un coup d'œil le nom de l'auteure, en penchant un peu la tête pour mieux lire. Virginia C. Andrews. C'était bien cela. Ce livre, glaçant, lu quand j'avais une quinzaine d'années. Je l'avais trouvé sur une étagère à la maison. La couverture ne m'avait en rien dissuadée d'entamer la lecture de cette sombre histoire d'une fratrie séquestrée dans un grenier, suite au décès de leur père. Leur mère s'était alors vue contrainte de retourner vivre chez ses parents. Je ne me rappelais plus exactement la suite : la grand-mère qui séquestre les enfants, la mère pense arranger tout ça, et puis non. C'était assez sordide de bout en bout. Je ne voulais pas déranger Béa dans sa lecture mais j'avais envie de savoir pourquoi elle lisait ce bouquin. Je m'étais attardée auprès d'elle, feignant de somnoler.

Dès qu'elle avait fini par poser son livre, je l'avais interpellée :

– C'est marrant que tu lises ça, je l'ai lu moi aussi.

– Ah oui ?

– Oui. Je me souviens même l'avoir dévoré.

– Mouais, elle est un peu bizarre cette histoire, ça se lit bien, c'est sûr, mais c'est un peu débile, non ?

– Pourquoi tu la lis alors ?

Je m'étais soudain sentie bête d'avoir dit à Béa que j'avais dévoré le livre.

– Je l'ai trouvé dans un carton dans la rue, j'ai pris plusieurs bouquins, dont celui-là. Sur le bateau, je me suis dit que s'il tombait à l'eau, ce serait pas gênant.

Moi aussi, *a posteriori*, j'avais trouvé ça un peu racoleur. Ça restait malgré tout un souvenir de lecture agréable.

– Mais tu l'as lu quand, toi ? C'est un peu trash quand même.

– Je devais avoir 14, 15 ans.

Béa avait eu un air ahuri.

– Ah ouais, et ça t'a pas traumatisée ?

– Ça va, je crois.

Béa avait esquissé un sourire.

– Et c'était quoi les autres livres du carton ? avais-je enchaîné pour ne plus avoir à parler d'un livre que j'avais honte d'avoir aimé.

– C'était assez varié. Un roman de Jean-Paul Sartre, *L'Âge de raison*, je crois, la biographie de Mère Teresa, une BD carrément naze, le pavé illisible d'un économiste. Ah, et j'oubliais : un roman de *fantasy*, l'histoire d'un gars dans des Royaumes et qui est copain avec un loup. J'ai adoré ça, je crois qu'il y a une suite, ça me dirait bien de la trouver.

J'étais restée un peu abasourdie par cette liste.

– Et tes lectures sont toujours aussi éclectiques ?

– Hum, oui, souvent. Je prends ce que je trouve en fait, j'ai pas trop les moyens de faire la difficile.

Je ne savais pas grand-chose de Béa. Yann m'avait juste

informée qu'elle avait une fille, mais pas la garde. La garde de sa fille, avait-il précisé. Cela ne m'avait pas semblé si important de répondre à Yann que j'avais compris.

– Là, j'ai trouvé ces bouquins dans des cartons déposés dans la rue, et j'en récupère parfois dans les poubelles, chez Emmaüs quand j'ai un peu de sous, là je peux choisir un peu. On m'en donne aussi, les voisines, l'assistante sociale, quand je vais voir ma fille au foyer. Les gens qui me connaissent savent que ça me fait du bien la lecture, alors ils m'aident.

J'avais hoché la tête.

– J'aime bien, ça m'aère entre les deux oreilles.

– Tu pourrais aller à la bibliothèque aussi, avais-je trouvé malin d'ajouter. Je suis sûre que tu trouverais la suite de ton roman de *fantasy*.

– Oui, je pourrais, mais j'aime pas. J'ai tenté une fois et puis je sais pas, je m'y suis pas trop sentie à l'aise. Je suis jamais retournée. Et puis, faut pouvoir y aller. De là où je vis, ça fait une trotte, y a pas de bus qui s'y rend facilement. Et de toute façon, c'est pas pour les gens comme moi, les bibliothèques.

Sa dernière phrase m'avait décontenancée. Des gens comme elle. Je ne m'étais jamais posé la question de savoir si la bibliothèque était un lieu pour moi. J'allais à la bibliothèque. Je lisais, j'empruntais, je rendais des livres à la bibliothèque. Je m'y asseyais pour feuilleter des magazines, j'y écoutais des CD, j'y découvrais des films. La bibliothèque faisait partie de mon paysage ordinaire.

– La bibliothèque, c'est pour tout le monde, m'étais-je aventurée, pas très sûre de moi. Il doit y en avoir une plus près de chez toi, peut-être, non ? Ou un bibliobus si ça se trouve ?

Le visage de Béa était tourné vers moi, mais elle ne me regardait pas. Ses yeux étaient dans le vague, au loin.

– Laisse tomber, Elsa. C'est sympa, mais je t'assure, les gens comme moi, on a du mal à trouver notre place en général, alors, dans une bibliothèque, c'est encore pire. C'est quoi l'expression là, déjà ? Ah oui, un chien dans un jeu de quilles, c'est ça. Dans une bibliothèque, moi, j'arrive comme une chienne dans un jeu de quilles.

Pendant toute notre conversation, elle avait plié et déplié le coin d'une page, jusqu'à ce qu'un petit bout de papier lui reste entre les doigts. Elle l'avait jeté par-dessus bord et elle avait repris sa lecture.

Napo buvait beaucoup. Nous buvions beaucoup. Ramer sur le bateau donne soif, arriver au port le soir donne soif, rencontrer d'autres marins donne soif. Et être ensemble nous donnait soif. Alors, son regard si doux parfois s'assombrissait. Nous ne nous connaissions pas tant que ça. L'ai-je d'ailleurs jamais connu ? Je décelais dans ses pupilles une vie totalement étrangère à la mienne. Des galères, des douleurs, des humiliations qu'il taisait. Des batailles. Ou est-ce que je lui collais une histoire conforme à mes préjugés ? Je ne m'étais battue que pour gagner des matchs de basket dans des salles municipales surchauffées. Je ne pouvais pas savoir. Nous avions continué ce soir-là à boire, et à raconter des blagues vaseuses. À disserter sur le sens de la vie, les silences de Napo plus explicites que mes paroles.

Et puis Napo avait glissé dans l'eau. Il avait trop bu. Il ne savait pas nager. Il s'était endormi, comme ça, comme il faisait, les jambes déjà passées dans son duvet kaki. Il discutait d'une voix pâteuse et puis, d'un coup, plus rien. Il était assis sur le plat-bord, et il faisait nuit. Je n'avais pas vu. Napo avait basculé. J'ai crié. Je n'aurais pas pu retenir son corps massif. Des éclaboussures vives, mon cri avaient réveillé ceux qui dormaient en fond de cale. Plusieurs avaient plongé. Il ne se débattait même pas. Couler à pic évite de souffrir trop longtemps. Ils l'avaient quand même rattrapé, je n'avais pas vu quelle tête il faisait. J'avais recommencé à sentir la bruine piquer mes joues. Quand ils l'ont remonté, Napo avait encore sa bouteille de bière à la main.

Le lendemain, je m'étais levée courbaturée. Passer la nuit en fond de cale, après seulement quelques jours de traversée, dans un duvet humide, ne me faisait déjà plus rire. Malgré nos beuveries répétées, Napo n'était jamais malade. Yann dormait encore, une oreille dépassant de son sac de couchage. Il était mieux équipé que moi. Il ne semblait pas avoir froid. Il avait ouvert un œil quand j'étais passée devant lui puis l'autre quand j'étais repassée. Je me sentais abattue, submergée par la solitude.

– Viens, on va se baigner.

Il était tôt encore, il faisait frais.

– On va se baigner et on boit un café, avait ajouté Yann.

Il s'était étiré, ses bras dénudés avaient touché l'horizon. Il avait fait glisser son sac de couchage le long de son corps sans cesser de me regarder, pris ses chaussures, une serviette, et ma main. Je m'étais laissé faire, nous allions nous baigner.

Enjamber le bastingage m'était devenu familier, je me sentais agile dans ce geste-là. La maladresse des débuts me semblait loin. Cela ne suffisait pas à faire de moi la navigatrice de l'année, mais c'était tout comme. Yann m'avait pratiquement remorquée ce matin-là, je ne savais plus ce que je faisais dans cette galère. Je me sentais étrangère. Je voulais rentrer. Au diable les vacances *roots* et les soirées arrosées de bières et d'histoires pas drôles. Je voulais de la musique, mes copains, un transat au bord d'une piscine.

Nous étions passés devant les bateaux endormis, quelques têtes émergeant ici ou là. Les cliquetis des mâts et des cordes remplaçaient le chant des oiseaux, le calme palpable du port me rassérénait. Les pas de Yann devançaient les miens, je ne quittais pas des yeux ses pieds dans les vieilles baskets sans lacets. Sa main enserrait toujours la mienne. Nous avions descendu cette rue derrière le bistrot de la veille, des vestiges de fêtes, capsules de bières, gobelets en plastique, mégots, traînaient çà et là. Une ombre se distinguait là-bas, un homme endormi.

J'avais stoppé net :

– Je n'ai pas mon maillot de bain.

J'avais retiré ma main, prête à faire demi-tour. Il m'avait fait face rapidement.

– On s'en fout.

Son corps robuste me barrait le passage, ses yeux fouillant les miens. Il attendait, calmement. Quelque chose s'était joué, là, en moi, dans cette rue inconnue, les mouettes couvraient le silence, des volets s'entrouvraient, et Yann comme une évidence absolue, et le monde dépouillé de tout embarras.

– Oui, on s'en fout.

Il avait repris ma main, et nous avions marché de front.

Quand Yann et moi étions revenus, le port avait changé. Des cris jaillissaient d'un pont à l'autre, les mouettes riaient, les capsules, les gobelets, même l'homme endormi avaient disparu. Napo nous avait vus arriver de loin, assis sur un banc de rame, une clope au bec. Il se grattait le bras, pensivement.

– Elle était bonne ?

Yann m'avait dévisagée. Yann me dévisageait toujours. Il ne me regardait pas, il scrutait avec application chaque ombre de mon visage, examinait chaque pli au coin de mes yeux, épiait chaque naissance d'un sourire sur mes lèvres. Le désir, si brutalement, était revenu. J'avais rougi. Cela me gênait devant Napo. Mon désir, ce corps aspirant, je ne le connaissais pas bien. Je ne savais qu'en faire. Vivre cela était troublant. Napo m'avait souri.

– Alors, elle était bonne ?

– Un peu fraîche, j'ai répondu, mais si tôt, en même temps ça n'est pas étonnant. On a bu un café, ça nous a réchauffés.

– Moi aussi, j'en boirais bien un. J'avais la flemme, et puis je voulais pas réveiller tout le monde. Ils dorment encore au fond, là-bas.

Il nous avait fait une place sur le banc, et on s'était assis là, tous les trois, un moment. À ne rien dire, ne rien faire. Je n'avais pas oublié mon réveil chagrin. On avait entendu un rire au fond, étouffé d'abord, puis éclatant.

– Ils se réveillent. J'y vais.

Napo s'était levé et avait traversé pesamment le bateau en direction du réchaud et de la caisse de provisions. Je l'avais regardé se déplacer nonchalamment. Il ne nous avait posé aucune question. Il n'avait pas essayé de savoir, de nous tirer les vers du nez. Juste une place sur son banc, avec lui. Je n'aurais pas su quoi répondre, de toute façon.

Un soir, comme ça, sans que je le voie venir, Napo s'en était pris à moi.

– Ça va, on sent pas trop mauvais pour toi ?

Je l'avais regardé, j'imagine avec de grands yeux. Je revenais de la douche de la capitainerie, une serviette sur l'épaule et les cheveux mouillés qui me dégoulinaient sur la nuque et le dos.

– Pardon ?

– Ben, je sais pas, t'es pas incommodée, là, par notre odeur ? Nos cheveux sales ? Nos fringues dégueues ? Ça fait plusieurs jours qu'on s'est pas lavés. Nous, ça nous pose pas de problème, à nous. Mais vu que t'es propre comme un sou neuf, là face à nous, je me dis que ça pourrait te gêner.

Mick, un type avec qui je n'avais jamais échangé un seul mot depuis mon arrivée sur le bateau, se tenait derrière Napo. Il avait émis un léger ricanement. Le ricanement m'avait fait mal. Et encore plus, le sourire que Napo avait adressé à Mick. Béa, du fond du curragh, avait brièvement levé le nez de son livre.

– Je ne sais pas de quoi tu parles, avais-je bredouillé en essayant de me faufiler entre lui et Mick.

– Mais où tu vas comme ça ? Laisse-nous en profiter du coup, de tes effluves. Ça sent bon le calme, l'ordre, la sécurité. Hein, c'est ça non, c'est ça ta vie chez papa-maman ? T'es bien là-bas, non ? Alors, qu'est-ce que t'es venue foutre dans cette galère ? T'avais comme une envie de te dévergonder ? De voir des animaux sauvages peut-être ?

Mick, pour ne pas être en reste, avait rugi sur les derniers mots de Napo.

– Des vrais sauvages, on est, nous ! avait beuglé Napo. T'as vu ma gueule ? Tu m'as bien regardé ? Qu'est-ce que tu me trouves, hein ? Tu peux me dire ce que tu me trouves ?

Béa ne lisait plus. Les quelques autres personnes présentes nous regardaient. Un petit attroupement s'était formé sur la jetée près du bateau. Je ne voyais pas Yann. J'avais tendu la main pour la poser sur le bras de Napo. Il s'était écarté vivement.

– Te salis pas les mains.

Derrière lui, je distinguais d'autres bateaux. Sur l'un d'eux l'équipage s'affairait. Sur un autre, un groupe chantait. Je reconnaissais vaguement l'air. Un grand voilier, majestueux, quittait le port.

– Ça te fait sourire ce que je te raconte, Elsa ? Moi, j'en ai marre de voir ta gueule, là, avec nous, sur ce bateau. Tu t'es pas abîmé les mains, toi, à le construire, tu t'es pas abîmé les mains, jamais, d'ailleurs, non ? Y a papa et maman, ils sont là, maman fait à manger, papa ramène des sous. Maman aussi si ça se trouve. T'as un sèche-linge et tout, un lave-vaisselle, un micro-ondes, un sèche-cheveux même. Ça va, il te manque pas trop ton sèche-cheveux ? Et les pieds sous la table, les bons petits plats, les gâteaux le dimanche. Hein, c'est ça, toi, ta vie. Souris pas, Elsa, moi j'en peux plus de ton sourire. Ton sourire, il me fait penser que moi, ben, y a pas grand monde qui me sourit, y a personne qui me prépare à manger et qui me cire les pompes, moi, j'ai personne avec qui partager mes problèmes le soir au repas, parce que soit je mange tout seul, soit ceux avec qui je mange, ben, ils en ont autant ou plus que moi, des problèmes. Alors, je me les garde, mes problèmes. De toute façon, on est comme ça nous, on n'aime pas emmerder les autres. Et toi, là, qu'est-ce que tu fais avec nous ?

Napo restait campé devant moi, les yeux fixés aux miens. Mick avait reculé derrière lui. Il ne ricanait plus. J'aurais pu passer entre eux, maintenant. Laisser Napo à sa colère, face au vide. Mais je n'avais pas bougé. Le voilier majestueux n'était plus qu'un point à l'horizon. Le groupe était passé à une autre chanson. Celle d'avant, c'était « Donne du rhum à ton homme ». J'avais souri à cause de ça, quand j'avais reconnu le couplet sur les filles sentant bon la vanille.

– Toi, là, t'es juste venue nous rappeler qu'on est des gros dégueus, des déchets, qu'on est moches et sales. T'avais rien de mieux à faire ? Même quand tu picoles avec nous, j'oublie pas, moi, que le lendemain, tu vomiras tout, et moi pas. Que ton petit ventre, il supportera pas. Alors que Mick et moi, c'est plus un ventre qu'on a, c'est un trou, là au milieu du corps, à force d'avaler de la merde. Hein, tu sais pas le goût que ça a, toi, la merde ? Même l'odeur, Elsa, tu la connais, l'odeur de la merde, la vraie merde ? Moi, par exemple, je pue la merde. Mais j'avais oublié, ça, que je puais la merde. Je m'étais habitué, on s'habitue à tout, comme on dit. Mais là, de voir ta bouche en cœur, tes cheveux propres, de sentir comme tu sens bon, ben, la merde, elle me revient en pleine face. Et j'aime pas trop.

Une pause, furtive.

– Pourquoi t'es venue, Elsa ? Pour me faire chier ?

Napo avait hurlé ça, les bras contractés et les poings serrés, le front vers le sol. Il avait hurlé mais tout son corps retenait autre chose, une puissance, une violence. Béa, qui s'était levée depuis un moment, s'était placée à côté de moi. Patrick, un autre gars du bateau, se tenait la tête entre les mains, avachi. Mick tanguait d'un pied sur l'autre.

– Putain, Napo, tu vas la fermer maintenant ?

Yann se tenait juste derrière moi. Je ne l'avais pas entendu arriver. Mes épaules s'étaient affaissées. J'étais restée de marbre face à Napo. Et je n'avais pas su réagir autrement qu'en encaissant ses paroles. Je n'avais rien à répondre. Tout était juste. Tout était vrai. À l'exception que je n'étais pas venue là comme dans un safari. Oui, j'avais de la chance, oui, j'étais privilégiée.

– Ah ben, il manquait plus que ton prince charmant. Elsa, il te plaît ton prince charmant ? Parce qu'il nous ressemble un peu, tu sais. Il sent peut-être un peu moins mauvais. Il a la gueule moins ravagée, aussi. Mais, ses chiottes, par contre, y a pas de sent-bon non plus dedans, hein.

Yann s'était encore avancé d'un pas, il était maintenant complètement collé à moi. D'un bras, il m'avait enlacée au niveau des clavicules, dans un drôle de geste, comme pour me tirer vers l'arrière. Me soustraire à Napo. Je ne voyais pas le visage de Yann, seulement celui de Napo.

– Mais ferme-la, maintenant, putain, avait assené Yann d'une voix blanche. Ferme-la, Napo, ferme-la.

Nous étions restés là tous les trois quelques secondes. Béa venait de sauter sur la jetée, où le petit attroupement s'était alors dispersé. Patrick était allé s'asseoir au fond du bateau. J'étais sonnée. Je ne pleurais pas. C'est après que j'avais pleuré. Napo avait fait quelques pas en arrière en nous regardant, Yann et moi. Je l'avais entendu murmurer : « Allez, viens, Mick. » Et Mick et lui étaient partis tous les deux à l'arrière du curragh. J'étais restée longtemps debout, Yann derrière moi, à scruter l'horizon. J'avais cherché un apaisement dans le défilement des nuages et le vol des mouettes. Le ciel devenait rosâtre, d'un rose-orangé doucereux. Il avait fait gris toute la journée, et la couleur du soir arrivait comme une égratignure.

– À vrai dire, je sais pas ce que c'est, des gens bien. Et je m'en fous. Moi ici, je ne vois que des gens qui ont choisi de se détruire eux-mêmes plutôt que détruire les autres ou se faire détruire par eux. Ça ressemble presque à de la bonté.

La journée avait commencé tôt, directement après le café : ramasser tout le bazar sur le pont, défaire l'amarrage, déborder tranquillement. Chaque fois que le bateau se mettait en mouvement pour quitter le port, c'est con, je chantonnais « Santiano ». Napo me charriait en riant, mais je ne pouvais pas m'en empêcher. Ce matin-là, je n'avais pas chantonné. Et Napo ne s'était pas marré. Il avait râlé, beaucoup. Je ne lui avais pas reparlé de l'incident de la veille. Lui non plus. Yann, seulement, m'avait demandé comment j'allais. Il m'avait proposé de m'installer avec lui pour la journée. J'avais refusé avec douceur et étais allée m'asseoir avec Napo. La journée avait été rude, du crachin sans discontinuer et plusieurs sautes de vent qui nous avaient contraints à des manœuvres pas toujours réussies. Le capitaine nous engueulait, et semblait se rappeler aussitôt que nous n'étions qu'une bande éclectique de bonshommes et bonnes femmes, réunis là presque par hasard.

La navigation avait été longue, et nous avions été soulagés de faire enfin escale. Nous nous étions réunis comme chaque soir à la poupe du bateau pour boire un coup. Napo était affalé sur le pont, une bière dans une main, son éternel mégot dans l'autre. Cela lui donnait une allure grotesque. Yann me regardait. J'avais l'impression qu'il ne m'avait pas quittée des yeux depuis le matin. Il était assis en tailleur en face de moi, droit comme un I. Yann avait parfois l'air d'un sphinx. Complètement incongru dans ce décor, il accrochait l'attention, le regard butait sur lui. Napo avait repris son monologue. C'était si rare de l'entendre parler si longtemps que je l'écoutais religieusement. Je n'étais pas en colère contre lui. Ces mots, je les recevais comme sa manière de m'expliquer sa ruade soudaine du soir précédent.

– Mick, tiens. Tu vois, c'est l'exemple type. Un gars bien, intelligent. Des études d'ingénieur, ouais. Et puis l'amour, et puis la trahison. Il en faut pas plus pour plier un gars, parfois. Mick, il s'est dit : *plus jamais ça*, il a tout laissé tomber. Le voilà, ivre du matin au soir.

J'avais regardé Mick écroulé dans un coin. Des cheveux châtains presque longs, gras, un visage flou, chiffonné, aux traits brouillés, un regard lourd et lointain qui ne s'était jamais posé sur moi. Mes « bonjour Mick » énoncés du haut de mes 18 ans, balancés avec aplomb comme le meilleur moyen de changer le cours du monde, résonnaient dans le vide. J'étais trop loin.

– Faut pas croire, on a choisi, nous aussi. C'est pas qu'un laisser-aller, une descente aux enfers. On a même peut-être choisi plus que d'autres, finalement. De pas faire comme tout le monde.

– Et c'est comment de pas faire comme tout le monde ? avais-je murmuré délicatement.

– C'est beau et c'est chiant, ça donne des engelures aux mains, des crevasses aux pieds. Le ventre gargouille plus souvent qu'on le voudrait, et on a mal au cul de s'essuyer avec du papier journal. Mais cette merde, on la brandit comme un étendard. Franchement, les emmerder tous, et emmerder le monde, ça, c'est incomparable.

Napo avait ponctué sa tirade par un halo de fumée. Je n'étais pas convaincue.

Patrick ne ressemblait ni à Napo ni à Mick, ni même à Yann. Patrick n'avait opté ni pour détruire, ni pour se détruire. Ni être détruit. Il m'avait indiqué qu'il avait été commercial. Dans une petite boîte de vente de tissus, de rideaux, de nappes, de serviettes, de draps, et autres articles pour la décoration intérieure.

– Des tissus ignifugés, avait-il ajouté.

Devant mon air interloqué, Patrick avait pris plaisir à m'expliquer ce que c'était, des tissus ignifugés.

– Tu avais l'air d'aimer ton travail, avais-je remarqué.

Nous étions tous les deux assis sur le quai, devant le bateau. Nos pieds pendaient dans le vide. Il y avait ce bruit caractéristique qu'on retrouve dans les ports. On aurait dit des carillons, ou ces tubes en bambous qu'on accroche aux portes. Cela me berçait. Napo et Yann s'étaient moqués de moi quand je leur avais dit que ce bruit me plaisait. D'après eux, ça n'était que les drisses qui choquaient contre les mâts. J'avais trouvé cela beaucoup moins poétique que mes carillons.

Je regardais mes pieds se balancer au-dessus de l'eau. Certains membres de l'équipage étaient partis au ravitaillement, d'autres faisaient la sieste sur le bateau. J'apercevais Béa qui lisait au soleil, allongée dans un hamac tiré entre les deux mâts. Je me demandais ce qu'elle lisait à présent.

– J'aimais beaucoup mon travail.

Patrick était souvent sur la route. Il écoutait la radio et se targuait après ces longues heures en solitaire d'avoir glané plein d'informations sur la marche du monde. Le soir, à sa femme et à sa fille, il disait : « Vous saviez, vous, qu'il faut cent vingt litres d'eau pour fabriquer un verre de vin ? C'est une ONG, qui a fait une étude » ; « Aujourd'hui, y avait une émission sur Coluche. Son père est mort quand il avait 3 ans dis donc. Tu te rappelles, quand on le voyait à la télé ? Ce qu'on a pu rire, avec lui. Sacré type, hein » ; « Il va faire froid la semaine prochaine, faudra bien se couvrir. Un froid inhabituel pour la saison, ils ont appelé ça le "Moscou-Paris" à la radio, du vent qui vient de là-bas ».

Sa femme et sa fille appréciaient ce moment du repas, ils discutaient ensuite tous les trois des nouvelles de la radio.

– Et puis, un jour, ça s'est arrêté.

J'avais tourné mon visage vers lui et ses épaules affaissées. Patrick avait la cinquantaine bedonnante, des lunettes qui ne lui allaient pas. Je ne lui connaissais que ce bas de jogging gris et quelques tee-shirts qui remontaient sur son ventre.

– Plus de voiture. Je n'avais plus de voiture. C'était celle de la boîte. Ils avaient plus de quoi me payer, ou ils n'avaient plus besoin de moi, je sais pas trop. Y avait internet, et moi, internet, je connaissais pas bien. Je suis un homme de terrain, quoi. Alors, ben, ils me l'ont pas laissée, la voiture.

La radio, il avait continué à l'écouter, à la maison. Toute la journée. Il racontait toujours le soir, aux repas, ce qu'il avait appris, mais ça n'était plus pareil. Et puis, sa femme, sa fille, elles l'entendaient aussi, la radio, trop souvent à leur goût. Elles n'avaient pas supporté. La femme de Patrick était partie.

– Elle a essayé, je peux pas lui enlever ça. Elle a été persévérante. Mais le trou s'est creusé, entre elle qui travaillait et moi qui me laissait complètement aller. J'avais plus envie. C'était devenu trop dur pour ma femme. Ma fille, elle l'a suivie. Elle a bien fait. Elle vient quand même me voir de temps en temps. Elle me demande ce que j'ai entendu à la radio. Mais la radio, je l'écoute plus.

Je n'avais pas su quoi dire, quoi faire. Patrick n'avait pas besoin de moi et des banalités que j'aurais pu lui débiter.

– Tu vois, c'est bien, ce bateau, le chantier, tout ça. Ça me remet le pied à l'étrier. On sait pas, hein, ce qui peut arriver, après. Je vais peut-être retrouver du boulot quelque part. Le tout, c'est que je reste motivé.

J'avais souri largement à Patrick. J'avais tenté de mettre dans ce sourire une tonne d'espoir et d'encouragements. On pouvait décider d'y croire, après tout.

Yann et moi nous étions levés avec les rayons du soleil, empesés de la veille et d'humidité, nos sacs de couchage à présent étendus l'un contre l'autre au fond du bateau. Plus personne n'ignorait notre relation. Nous nous éclipsions main dans la main et nous dirigions vers la plage la plus proche, en quête d'intimité. Les plages s'offraient à nous, le sable froid sous nos corps enlacés, le sel sur sa peau. Je ne doutais plus de rien et savourais nos étreintes matinales. Je ne me cachais pas, ni de Napo ni des autres. Je pensais que Yann avait compris que ce qui me liait à Napo ne relevait pas d'un quelconque désir amoureux. J'avais cru que cette relation ne l'inquiétait plus, qu'il s'effaçait avec insouciance. Il avait en fait capitulé. Il ne faisait pas le poids face à Napo. J'appréciais sa façon de se retirer après ces moments passés ensemble, pour me laisser m'asseoir avec Napo sur un banc, sans plus réclamer un regard de moi. Je débitais alors mille et unes inepties, tandis que Napo se taisait. Le soir, seulement, il parlait. Les jours s'écoulaient, et cela aurait pu durer. Si ce n'est que l'aventure prenait fin.

Deux, trois jours avant l'arrivée, un copain de Yann nous avait rejoints lors d'une escale. Le Raphaël dont il m'avait parlé, l'infirmier qui s'était soucié de la santé de Napo pendant le chantier. C'était un grand type aux cheveux indomptables, souriant. *Un type qui respire la santé*, je me suis dit en le voyant. Il avait été accueilli avec chaleur par l'équipage. Yann m'avait présentée : « Elsa », simplement, « Elsa », en me tenant la main. Aurais-je voulu d'autres mots ? Comment aurait-il pu me présenter ? Cela dit, sa main avait glissé sans équivoque sur ma hanche. Ce geste m'avait surprise, lui qui ne se dévoilait que sur les plages abandonnées et la nuit au creux du curragh.

– Hey, enchanté, Elsa. Qu'est-ce que tu fais là ?

Une question anodine, mais si franche. Qu'est-ce que je faisais là, en effet ?

– Je l'ai invitée. Elle est venue.

La simplicité de Yann. Cela ne demandait pas d'autres

explications. Il m'avait invitée, j'étais venue. Raphaël avait apporté des bières, du saucisson, du fromage, du pain. Il questionnait sans cesse chacun sur son ressenti, plutôt que sur ce qui s'était passé. Il assommait Yann de questions, auxquelles ce dernier ne répondait pas. Au cours de la soirée, nous avions discuté un moment. J'avais approfondi et développé les circonstances de ma présence ici, il m'avait relaté son amitié avec Yann. Leur rencontre au collège, leurs premiers joints au lycée, la tournée des bars, son départ à la fac et Yann resté sur place. Leurs choix divergents. Yann écoutait, intervenait parfois brièvement. Mais il restait en retrait, comme gêné des souvenirs déballés par Raphaël devant moi. Je m'étais demandé comment ils avaient fait pour rester copains. Je me sentais plus proche de Raphaël que du reste de l'équipage. Nous partagions le même monde, et ses codes étaient les miens. Raphaël était reparti le lendemain pour retourner bosser. Yann avait semblé soulagé. Il m'avait enlacée en lui faisant un signe de la main.

Nous sommes assis sur les bancs de nage. Béa revient de la douche à la capitainerie, un tissu rose enroulé autour de la tête. Napo me fait face, un bandana dans les cheveux. Son marcel dévoile les tatouages sur ses bras. Il fume, déjà. Il parle avec Patrick, debout sur le plat-bord du bateau, ils sont en grande discussion. Je souris. Un squelette en plastique pend à un cordage, une idée de Mick. Des bidons d'eau sont rangés sous les travées, les voiles ont été rabattues comme une tente pour la nuit. Nous prenons le petit déjeuner. L'eau chauffe sur le petit Campingaz. Du sucre a été sorti, des tasses en fer. Des cadavres de bières sont entassés dans un seau bleu, des duvets sont ouverts pour les aérer, des chaussures sont abandonnées ici ou là. Il fait beau. Je regarde les bateaux alentour. Astiqués, propres, sages. C'est la seule photo que j'ai conservée.

Nous avions passé la nuit dans ce port, une nuit de fête ponctuée par un feu d'artifice. La dernière nuit. Tout à l'heure, nous repartirions pour rentrer au port. Je ne sais pas quand ça a pris fin pour de bon. Je ne me rappelle plus comment je leur ai dit au revoir. Il y a des souvenirs qu'on égare volontairement. J'aurais voulu rester.

Yann m'avait finalement ramenée chez ma grand-mère, avec un peu plus d'une vingtaine de jours de décalage. Puis, à peine rentrée chez mes parents, j'avais voulu y retourner. Retourner où ? La traversée avec le curragh avait été une brèche dans ma vie et dans la leur. Ils étaient retournés à leurs galères, j'étais revenue à mon confort.

– Vas-y, si tu veux. Je comprends. Mais ça n'est pas facile de revenir en arrière. Nous serons là.

Ma mère ne m'avait pas empêchée de repartir, de les rejoindre. Elle m'avait dit que certains choisissaient leur chemin, pas tous, pas toutes, mais que j'étais en mesure de le faire. Que j'avais les outils pour le faire. Que certains chemins pouvaient se révéler plus ardus que d'autres. Que la liberté revendiquée de ces personnes, en marge, était aussi leur plus grande contrainte. Et qu'il s'avérait souvent complexe de revenir en arrière. Mais qu'ils seraient là pour m'aider à revenir, si je le voulais, quand je le voudrais. Cela avait suffi à me convaincre plutôt qu'à me dissuader. J'émergeais d'un rêve qui n'en était pas un. J'avais pris le chemin de la fac.

CONTRE-COURANT

Yann et moi nous appelions peu. Il n'avait pas de téléphone. Je n'aimais pas m'isoler dans la maison pour converser avec lui. Même dans la petite pièce, je n'aimais pas. Nous convenions parfois par e-mail d'un rendez-vous téléphonique, quand je savais être seule dans la maison. Il se rendait alors à la cabine la plus proche de chez lui, dont j'avais le numéro. Celle d'où j'avais annoncé à mes parents mes plans pour l'été. Je composais les chiffres, assise sur mon lit, les jambes dans le vide et le dos au mur. Il décrochait rapidement. J'aimais l'imaginer dans cet espace confiné, caressant le comptoir gris et bosselé, laissant son regard errer au-delà des vitres sales et opaques, s'attardant sur les voitures et les rares piétons.

Nos discussions étaient ponctuées de silences. Il me donnait des nouvelles de Napo, et des autres un peu aussi. Il avait croisé Béa et Patrick récemment. Béa avait ouvert un magasin un peu fourre-tout, dans une ville voisine. Elle y vendait ses créations, bracelets, colliers, boucles d'oreilles. Elle m'en avait offert une pendant la traversée. Un joli bracelet coloré que je portais au poignet droit. Elle proposait aussi dans le magasin un espace de dépôt-vente pour d'autres créateurs, ou pour des objets en dons. Elle était plutôt contente, ça démarrait bien. Patrick ne faisait rien de plus qu'avant le chantier, et ça lui manquait. Le bateau ne naviguerait plus jusqu'à l'été prochain. Mick avait été embauché chez un carreleur. J'avais espéré qu'il y trouve une place. Napo militait activement avec un groupe de punks pour un projet un peu flou.

Dès que j'avais pu, j'étais montée dans un train, le même qu'avant l'été. Yann m'attendait devant la gare, adossé à sa voiture. J'ai une ou deux photos de lui dans cette position. Le genou droit relevé, une main sur le capot, aux aguets. Inquiet dans l'attente. Son blouson ouvert sur son torse. Le voir, le sentir, le toucher, j'étais revenue pour cela, profitant d'une coupure de quelques jours à la fac. Arrivée devant lui, j'avais stoppé net, ma chaussure contre la sienne. Une pudeur inopinée m'avait assaillie. J'avais décelé un certain émoi chez Yann aussi. Comme une hésitation, la crainte de ne pas se retrouver à l'identique.

La caravane n'avait pas bougé, plusieurs tôles du toit avaient été arrachées lors d'un épisode de vent violent. Malgré tout, un sentiment de plénitude m'avait saisie, debout au milieu de la fonderie. Je m'y étais sentie bien ce premier soir de mon retour. Yann avait posé ses deux mains puissantes sur mes épaules, puis m'avait entourée de ses bras.

Je m'y étais blottie pendant un instant, puis m'étais dégagée en arguant que je mourais de faim. Yann comptait aller chercher des pizzas, si ça m'allait. Ça m'allait. Je pouvais rester là, il n'en avait pas pour longtemps. J'étais donc entrée seule dans la caravane pendant que j'entendais la voiture vrombir. Finalement, des chips et du thon en boîte auraient pu faire l'affaire.

Le lendemain matin, je m'étais levée en râlant, frigorifiée. L'automne avait remplacé l'été, l'humidité infiltrait la caravane, alourdissait la couette sur mes jambes, des gouttes perlaient le long des parois. Yann n'avait qu'une tasse en ferraille, que nous nous partagions le matin, une gorgée chacun. Ça m'avait énervée, le lendemain de mon arrivée, de devoir avaler mon café ainsi.

– Tu aurais pu investir, quand même. Tu savais que je reviendrais.

Ma remarque l'avait pris au dépourvu. Je m'en étais voulu, d'avoir pris de l'avance. Je m'étais alors rapprochée de lui sur la banquette pour conjurer ce moment, enfouir mon agacement et lui signifier que ça n'était pas si grave.

Plus tard, il avait proposé de m'emmener chez un copain. Pour le week-end, pour y dormir. J'ai oublié son nom. J'avais acquiescé, il y ferait peut-être moins froid. Le copain était un type seul, un autre. Un peu bizarre, mais sympa. Il vivait dans une vieille maison remplie de babioles héritées du précédent occupant. Je n'avais pas demandé s'il s'agissait d'une maison de famille, ou s'il s'était invité là. Des cartons ouverts jonchaient le sol, nous avions fouillé dedans. Des rallonges électriques jaunies, des cadres photos démantelés et dépourvus de tout visage ou paysage, des bougies entamées, une râpe à fromage rouillée, une casquette flasque, un vieux walkman comme cela ne se faisait déjà plus, des paquets d'enveloppes de différents formats, entamés, un cendrier Ricard volé dans un bar et quelques sous-bocks, et une tasse. Une grande tasse. Yann l'avait brandie comme un trophée. Je l'avais empoignée, ravie.

– On la rapporte à la maison ! s'était-il écrié. Ça tombe bien, non ?

J'avais un peu tiqué sur « la maison ».

– Ça tombe super bien, oui !

Le reste du week-end s'était déroulé au chaud, chez le copain à propos duquel je n'avais pas eu beaucoup plus de précisions. Yann et lui parlaient peu.

Sur le bateau, Yann et moi avions eu peu le temps de nous raconter l'un à l'autre. Et nous n'en avions pas franchement éprouvé le besoin. J'étais revenue pour ça aussi. Lui poser des questions, savoir d'où il venait, où étaient ses parents, quelle musique il écoutait. Même si par e-mails nous avions échangé pas mal d'informations, il me manquait des éléments. Je pensais qu'il nous fallait cimenter notre relation débutante. Quand il savait déjà que je n'avais qu'un frère, le nom de mon chat, les titres des bouquins qui m'avaient plu, le prénom de certains de mes copains, où ma grand-mère habitait. J'étais assez volubile. Lui, pas.

Plutôt que parler, d'emblée il m'avait montré. Il avait farfouillé dans une boîte et en avait extrait des lettres, des prospectus, des photos. Je m'en étais saisie, touchée par son geste. J'avais parcouru les lettres avec attention, observé les visages d'inconnus sur les photos, apprécié les tracts publicitaires dont les images au charme désuet et aux couleurs criardes me plaisaient. Sur l'un d'entre eux, on pouvait voir un tigre qui s'exclamait : « Je me sens revivre », en s'étirant devant un poêle rougeoyant. Beaucoup plus tard, Yann m'avait donné ce prospectus, que j'ai toujours, encadré dans mon salon. J'étais surprise qu'il ait gardé tous ces souvenirs. J'avais enchaîné les questions, auxquelles il avait répondu de bon gré.

Son père avait rejoint un grand-oncle installé dans l'Aisne. Il s'était fait embaucher sans trop de difficultés à l'usine Godin. Il avait rencontré là-bas la mère de Yann. Ils étaient devenus propriétaires d'un appartement dans le bâtiment attenant. Puis Yann était né. Il m'avait décrit le bâtiment, la cour centrale, les grandes verrières, les cavalcades dans les escaliers. Je n'avais jamais entendu auparavant parler de cet endroit qui ressemblait à un palais. Le visage de Yann s'animait à se remémorer ces moments joyeux de son enfance.

Et puis, il avait eu 10 ans. L'usine n'avait plus besoin d'autant de bras, son père avait voulu rentrer chez lui. Ils pouvaient tirer une bonne somme de la vente de l'appartement. Cela avait aidé à persuader la mère de Yann, qui n'était pas enthousiaste à l'idée de quitter l'endroit où elle était née. Et puis, après tout, pourquoi pas. Explorer un nouvel environnement. Se balader le week-end au bord de la mer. Ils avaient tout quitté. Le père de Yann avait trouvé aisément un nouveau travail, sa mère était devenue assistante maternelle, et Yann naviguait entre l'école et chez ses grands-parents paternels. Il aimait leur rendre visite dans leur maison. Cette maison de poche, ce bout de jardin. Il adorait sa grand-mère, et qu'elle raconte ses souvenirs de la fonderie, où elle avait travaillé. Des histoires de gens qui avaient trimé toute leur vie. Des histoires de fours à métaux, d'atmosphère moite, de chaleur intense, de risques pris tous les jours. Des histoires de solidarité, aussi, entre les ouvriers qui étaient également des voisins, des amis. Tous habitaient dans de petites maisons pas loin de la fonderie. Les petites maisons avaient un jour disparu, avait conclu Yann. Balayées par un promoteur qui avait racheté le terrain. Curieusement, la fonderie était restée.

– Comment ça, tu n'as pas la Sécu ? Tout le monde a la Sécu, non ?

Yann et moi étions assis dans la cour sur des chaises en plastique. Le soleil perçait péniblement à travers la grisaille, et j'appréciais la douce chaleur sur mon visage.

– Tout le monde n'a pas la Sécu, Elsa. Y a plein de gens qui ne sont pas ou plus affiliés à la Sécu.

Je n'avais jamais envisagé cette possibilité. Pour moi, la Sécu, c'étaient ces feuilles orange-marron que ma mère remplissait après les rendez-vous chez le médecin et qu'elle glissait dans des enveloppes, cette suite de chiffres dont j'avais compris tardivement qu'ils contenaient mon année, mon mois de naissance, même le département où j'étais née. Le fonctionnement exact était pour moi un peu flou, mais je savais qu'aller chez le médecin, c'était rendu possible par la Sécu. Et qu'on avait de la chance de l'avoir.

– Je ne travaille pas, je ne cotise pas. Dans mon cas, c'est un choix. Je suis payé au black, j'assume, je n'exige rien de personne. Parce que je veux surtout qu'on me foute la paix. À partir du moment où tu bénéficies d'aides, tu as aussi des devoirs. Moi, je veux rien devoir.

Jamais je n'avais rencontré quelqu'un comme Yann. Qu'il vive dans cette fonderie, seul la plupart du temps, c'était romanesque. Son histoire, aussi, me semblait romanesque. Mais il n'y avait pas que cela qui m'attirait chez lui. Je découvrais une autre manière d'exister, de penser. Et cette cohérence, chez lui, me fascinait, cette corrélation entre ses idées et ses actes qui me dévoilait en miroir que c'était une qualité plutôt rare.

Pendant la nuit, allongée à côté de Yann qui dormait à poings fermés, j'avais repensé à notre conversation. J'avais fait la liste de toutes les fois où j'avais été chez le médecin puis avais récupéré, insouciante, dans un geste naturel et affirmé, la feuille orange-marron. Yann ne voulait pas non plus bénéficier de la CMU, à laquelle il aurait eu droit. Il refusait toute aide, réellement. Cela me paraissait inconcevable, presque idiot. Dans le noir de la caravane, j'avais songé que l'indépendance de Yann flirtait avec une forme de négligence, dans un pays où il était si simple de se faire soigner. Comme une volonté d'affronter ses limites. Il n'allait jamais chez le médecin, m'avait-il dit, jamais chez le dentiste. Il endurait les maux de tête, se couchait quand il se sentait souffrant, mâchait un clou de girofle quand il avait mal aux dents. Lui m'avait plutôt parlé de respecter ses limites, quand le lendemain matin, devant nos tasses de café, je lui avais fait part de mes réflexions nocturnes. Respecter les limites de son corps et de son esprit dans cette société dans laquelle tout nous poussait sans cesse à nous dépasser, à faire fi de nos ressentis, à nous martyriser.

– La douleur, la fatigue sont des alertes qu'on ne veut plus entendre. On les annule à coups de médicaments, pour toujours faire plus, pour toujours aller de l'avant, pour toujours faire mieux. Moi j'écoute ce que me disent mes sensations, je suis loin de l'autodestruction, bien loin de là, au contraire.

Il avait insisté sur les derniers mots.

– Tu ne trouveras pas de médicaments chez moi. Des remèdes naturels, oui, quelques-uns, car parfois, j'ai quand même besoin de me soigner.

Il avait en effet une panoplie de bocaux d'herbes séchées, que je pensais destinées à la cuisine lors de ma première visite, mais je m'étais vite aperçue que Yann cuisinait peu. Il sélectionnait ce qu'il mangeait en fonction du temps de cuisson que cela prenait, de la saison, et de son appétit.

– Le temps de cuisson, m'avait-il expliqué un jour, c'est surtout pour ne pas gaspiller trop d'énergie. Mais je ne cuisine que ce dont j'ai besoin. Manger trop, ça rend malade.

Je m'étais sentie bête plus d'une fois, avec Yann, moi qui ne me baladais jamais sans une boîte de paracétamol, qui consommais ce qui me faisait envie sans me soucier de quoi que ce soit, moi à qui tout paraissait jusqu'ici si naturel. Yann avait ébranlé ma normalité.

Le quatrième soir, Yann m'avait emmenée à une fête. À peine descendue de voiture, j'avais reconnu sans peine ce coin de la ville où nous allions parfois avec ma grand-mère, voir les bateaux dans la vase. Là où j'avais toujours entendu dire qu'il ne fallait pas se balader seule la nuit.

– On va à l'entrepôt du chantier ? avais-je questionné Yann.

– L'entrepôt n'existe plus, ils l'ont rasé mais on va pas loin, en effet.

Il faisait sombre. D'un bâtiment filtraient de la lumière et des vibrations. Des ampoules colorées donnaient un air de fête à tout cela. Des crêtes dépassaient de la foule agglutinée devant l'entrée. Au-dessus des têtes, sur la façade, s'affichait une inscription en grosses lettres rouges : LE HANGAR. Yann avait salué un gars et ce dernier avait tiré la grosse poignée en métal d'une porte coulissante en s'arc-boutant, elle s'était ouverte dans un fracas métallique.

Mon cœur pulsait, j'avais presque la nausée. Yann m'avait dit que Napo serait là. Je n'avais pas eu de nouvelles de lui depuis l'été, si ce n'est les quelques informations transmises par Yann. Je l'avais cherché un moment dans la foule, je lui en avais presque voulu de ne pas être là pour m'accueillir. Mais peut-être qu'il ne savait pas, que Yann ne lui avait rien dit. Ils ne s'étaient pas vus tant que ça, après la traversée. Je me sentais déplacée. Tout dans mon apparence me gênait. Mes cheveux mi-longs et leur couleur naturelle, la rondeur de mes joues, mon jean coupe droite, trop bleu, même pas un accroc aux fesses ou aux genoux, mes chaussures plates. Dehors, dans la rue, à la fac, avec mes copains, j'étais quelconque, banale. Je me fondais dans le paysage. Là, je détonnais totalement. Mes joues s'étaient empourprées, ce qui n'avait eu pour seul effet qu'aggraver mon embarras. Yann discutait avec un pote et ne faisait plus cas de moi.

Et puis, enfin, je l'avais vu. En grande conversation avec une femme, épaule contre épaule, un de ses bras passé autour de sa taille, et sa main calleuse opérant des allers-retours distraits sur ses fesses. Je ne l'avais jamais vu ainsi. Napo ne m'avait jamais parlé d'amour. Cela ne m'avait même jamais traversé l'esprit, qu'il puisse être amoureux, toucher d'autres corps, partager un lit. Je m'étais demandé pourquoi. Pourquoi, moi qui avais recherché sa compagnie, je n'avais jamais envisagé la possibilité qu'il soit en couple. Je m'en étais voulu de ne pas l'avoir interrogé, comme je l'aurais fait avec quelqu'un d'autre, sur une éventuelle compagne, des enfants peut-être ? Cela m'avait sidérée. De me rendre compte que j'avais gratifié Napo d'une étiquette de punk voué à passer sa vie avec son chien. J'étais restée un moment à l'observer. Son regard incomparable de tendresse et de profondeur posé sur cette femme.

– Hé, Elsa ! Mais viens là, approche !

Napo n'avait même pas eu l'air surpris de me voir. Peut-être savait-il, finalement, que je venais ce soir-là. Dans le brouhaha, j'avais vu ses lèvres bouger, et deviné son invitation plus que réellement entendue. Je lui avais fait un signe, la femme m'avait lancé un regard dur. Je m'étais tournée vers Yann en pointant Napo du doigt. Il avait acquiescé. Des corps ondulants me barraient le passage. Je m'étais faufilée tant bien que mal en m'excusant.

– Pardon, pardon, je passe, excusez-moi.

Je voyais Napo sourire au loin et reconnaissais cette légère moquerie au coin de ses lèvres. « Tu t'excuses trop, avance. » J'aurais mis ma main à couper que c'était ce qu'il pensait.

– Tu bois quoi ?

Pas un « bonjour », « enfin ! t'en as mis du temps », pas un « je suis content de te voir ».

– Tu bois quoi ?

– Une bière.

– Avec ou sans Picon ?

J'avais goûté le Picon cet été avec Napo, j'aimais bien, mais ça montait vite à la tête. La femme s'était tournée vers moi, Napo avait lâché sa taille. Elle était belle. Des cheveux noirs, très courts sur les côtés, les tempes presque rasées à blanc, et une longue tresse serpentait depuis le haut de son crâne jusqu'à ses hanches. Un perfecto en cuir, du rimmel plein les yeux. Son regard, toujours dur, me toisait. Napo m'avait tendu mon verre.

– Je vais pisser, je vous laisse faire connaissance.

Et il nous avait plantées là, sans plus de cérémonie, mon gobelets en plastique entre les mains, et un malaise grandissant entre la femme et moi. Enfin, mon malaise, car elle ne me quittait pas des yeux et ne paraissait pas du tout incommodée par la situation. Le silence, malgré le bruit ambiant, prenait beaucoup de place. Je ne me sentais pas de le couper. C'était chez elle, ici, je la laisserais faire le premier pas.

– Tu lui veux quoi, à Napo ?

Une voix fluette, contrastant avec sa stature et son allure imposante, fière.

– Je.... Pardon ?

– Tu lui veux quoi, à Napo ?

J'avais réfléchi à la question, je n'en comprenais pas le sens. Je n'avais jamais rien voulu de Napo, rien attendu. Aucun sentiment de séduction, aucune envie ne m'avait jamais traversée. J'avais baissé la tête et scruté mes chaussures, mon pantalon, mes mains. Je m'étais vue, moi, là, debout au milieu de ces pantalons dépareillés, de ces blousons ouverts sur des torses nus, de ces crêtes arborées fièrement. La question était légitime.

– Rien, je ne lui veux rien. On s'est rencontrés, on a

sympathisé. Je suis là, quelques jours chez mon copain, et c'était l'occasion de le revoir.

– C'est qui, ton copain ?

Ses questions n'avaient pas pour but d'engager la conversation. Elle me faisait subir un interrogatoire, pour cerner le personnage, savoir à qui elle avait affaire, me signaler qu'on ne la lui faisait pas, à elle, qu'elle n'était pas tombée de la dernière pluie, qu'une femme avertie en vaut deux. J'avais bien saisi le message.

– Yann.

Elle m'avait observée avec méfiance. Avait penché la tête à droite, pour mieux distinguer quelque chose, ou quelqu'un, derrière moi. Yann, peut-être. Napo était revenu à ce moment-là, et je m'étais sentie mieux. Il m'avait pris la main, et m'avait entraînée devant la scène. Je sentais le regard de sa copine scotché à mon dos mais, happée par l'explosion corporelle de la chanteuse du groupe, je l'avais vite oubliée. Napo me montrait du doigt les musiciens un à un, me hurlant leur nom à l'oreille, et m'expliquait des trucs que je n'entendais pas. J'étais de toute façon hypnotisée par la chanteuse qui se déhanchait juste devant moi. Pour moi. Elle me regardait dans les yeux et vociférait, le micro devant sa bouche, contre ses lèvres inondées d'un rouge qui avait débordé sur ses joues et son menton, lui donnant une allure sauvage. Ses yeux ourlés de noir et de paillettes ne quittaient pas les miens et je me demandais comment cela était possible vu les mouvements désarticulés qu'elle imposait à son corps. Elle sautait au rythme des larsens et riffs de guitare, hurlant et occupant l'espace de la scène d'un bout à l'autre, levant subitement une jambe en l'air, touchant son front avec son tibia, repartant une fois rétablie sur ses deux pieds dans des mouvements oscillatoires d'avant en arrière, d'arrière en avant, lançant ses bras comme s'ils allaient se détacher de son tronc. Sa férocité m'impressionnait autant qu'elle m'inquiétait, j'étais clouée sur place, raide face à ce débordement de vie. Je ressentais d'autant plus cet empêchement de mon corps enfermé dans un carcan de honte et de bienséance face à celui de cette femme. Cette présence éclaboussait ma lourdeur, moi qui m'étais toujours sentie si gourde à danser. Derrière elle, les musiciens s'étaient mis à se rentrer dedans, épaule contre épaule, leurs instruments sur le côté, plaquant des notes chaotiques ici ou là. Napo m'avait écartée fermement :

– Pousse-toi, Elsa, recule. Y a un pogo qui se prépare.

J'avais déjà assisté à un ou deux pogos, à l'occasion d'un concert, je m'étais même retrouvée dans la fosse une fois, ballottée en tous sens. J'avais trouvé la sensation étrangement rassurante.

– Napo, je suis pas en sucre, tu sais, m'étais-je indignée.

– T'es pas en sucre, mais là, je te dis de reculer, alors tu recules, m'avait-il répété en haussant le ton.

Sa réaction m'avait surprise. Je n'avais pas cherché à contester plus longtemps, et j'avais rejoint le fond de la salle. À peine m'étais-je adossée au mur qu'un groupe devant la scène s'était formé, des hommes essentiellement. Je ne vis bientôt plus qu'un enchevêtrement de membres, un pêle-mêle de cheveux, un ensemble de corps se poussant, suant, s'affrontant dans une danse frénétique, cherchant non pas seulement à se heurter mais donnant davantage l'impression de vouloir fusionner leurs êtres en un seul corps, unique, un grand tout qui les envelopperait. Cela fonctionnait, quelques secondes, réunis dans une masse informe et, très vite, l'être se disloquait, les corps éjectés du centre repartaient alors dans une lutte acharnée pour se retrouver. Je n'avais jamais vu cela. Une grande émotion m'avait submergée. Napo, qui ne participait pas, me surveillait de loin, et je levai un pouce en sa direction. Il avait bien fait de me dire de reculer.

Plus tard, dans la soirée, j'avais revu l'amie de Napo. Droite comme un I quand pas mal tanguaient. « Alors, comment t'as trouvé Caroline ? » m'avait-il demandé quand nous n'étions que tous les deux. Je connaissais donc maintenant son prénom. Napo était allé parler avec le groupe. Elle avait profité de son absence pour m'approcher. Yann n'était pas réapparu, et je ne l'avais pas cherché. Caroline avait souri. Ça m'avait rassurée.

– OK pour Napo, c'est cool. Il a morflé, tu sais. Alors je m'assure, quand je peux, que ceux qui l'entourent sont pas là pour l'emmerder, m'avait-elle glissé dans l'oreille, sa tresse fouettant ma main lorsqu'elle s'était ensuite détournée de moi.

Yann était réapparu à mes côtés, Raphaël dans son sillage. J'avais salué Raphaël, contente de le revoir. Je gardais un souvenir heureux de notre rencontre sur le bateau. Lui aussi m'avait paru se réjouir. Nous avions échangé quelques banalités sans que Yann intervienne une seule fois, il s'était mis d'office en position de retrait. Pour le ramener dans la conversation, je les avais questionnés tous les deux sur ce lieu. Mais c'est Raphaël qui avait entrepris de me retracer l'histoire du Hangar.

Un groupe de jeunes punks habitaient la ville depuis plusieurs années. Ils squattaient un immeuble, ou les rues, mais ça terrorisait les passants. On était dans une petite ville tranquille, qui s'était étendue au fil des ans, des nouveaux quartiers avaient poussé ici et là, on était dans le chef-lieu du département. Mais ça restait une petite ville tranquille, où on croisait des connaissances au marché le dimanche matin, où on s'arrêtait boire un café en terrasse à l'improviste avec un voisin, où on sympathisait vite entre parents d'élèves. La vieille ville était plutôt jolie, on aimait bien s'y promener, arpenter la grand-rue, et faire les boutiques. Je me souvenais en effet de ces samedis après-midi en centre-ville, l'hiver surtout.

Mais ces jeunes dans la rue, ça ne faisait pas très propre. Ça faisait même désordre, ces rouges criards, ces chiens aux pieds, et des anneaux dans le nez, les oreilles, les sourcils, partout. Assis sur les murets, leurs chiens autour d'eux, ils quémandaient un peu d'argent aux passants affairés. Certains craignaient leur allure, pestaient contre leur chahut et le désordre qu'ils représentaient. D'autres pouvaient les trouver charmants, louaient leur politesse, s'arrêtaient pour un bout de conversation, savoir s'ils ne manquaient de rien. Ils manquaient de tout. Ils ne voulaient rien. Rien de ce que le monde leur proposait. Ils en voulaient un autre, de monde. Mais il leur fallait bien de quoi manger.

Raphaël avait emprunté une voix nasillarde pour me rapporter le genre de remarques de M. et Mme Tout-le-monde, qu'il avait entendues :

« Des jeunes bien élevés pourtant, souriants, ils disent merci, même quand on leur donne qu'une petite pièce. »

« Jamais je ne me suis fait mordre, non monsieur, ils tiennent bien leurs chiens, y a rien à dire. Et ils s'en occupent, presque ils préféreraient se laisser mourir de faim que rien leur donner, à leurs chiens. »

« Moi, je cause avec eux, parfois, comme ça, en passant. Je leur donne rien, parce que ça leur rend pas service, en fait, et puis, c'est à la mairie, à l'État de prendre leurs responsabilités. Mais ce sont des braves gosses, qui ont sans doute pas eu la vie toute rose. »

– Je t'épargne les propos dégueulasses, par contre, tu n'as pas besoin de moi pour t'en faire une idée, avait ajouté Raphaël avant de poursuivre son récit.

Le squat où ils vivaient avait subitement été fermé et muré. Un hangar était là, désaffecté. En mauvais état, mais pour les accueillir, cela irait.

« Un hangar inutilisé, ça s'aménage, après tout, c'est mieux que rien. On raccordera l'eau, l'électricité, une palissade, des caravanes. Ils ne seront pas bien là, hein ? » C'est ce qu'avait proposé un des conseillers municipaux de la ville. L'idée avait fait son chemin, certains y voyaient une opportunité de nettoyer les rues, d'autres de faire une bonne action, une des adjointes y croyait dur comme fer. Un groupe de travail s'était monté : travailleurs sociaux, l'adjointe et le conseiller, deux représentants du groupe de punks, et vogue la galère. La visite du chantier – un terrain vague à l'abandon –, la liste des besoins – eau, électricité, sanitaires –, les prévisions budgétaires – une somme modique –, le calendrier. Le projet fut ficelé assez rapidement, il fut présenté et voté à l'unanimité en conseil après délibérarion.

Alors, le groupe s'était installé. La vie en communauté s'organisait, avec ses débordements, ses dissensions. Des tentatives pour gérer les problèmes différemment étaient amorcées. Ça fonctionnait. Le Hangar était une escale salutaire pour certains. Un endroit où se poser, parfois pour mieux repartir, souvent pour rester. Les habitats disparates, camions, caravanes, même un ancien wagon de la SNCF acheminé pour l'occasion, s'agloméraient autour du Hangar qui servait d'espace commun.

Celles et ceux qui vivaient là rêvaient d'un espace partagé, un espace où ils pourraient prouver qu'être exclu, ça n'est pas forcément être dans la déchéance. Chacune et chacun portait la conviction que, avant tout, il leur fallait prendre leur vie en main, changer le quotidien, leur quotidien. Un collectif s'était créé, et une charte rédigée. Lors de réunions régulières, les habitantes et habitants avaient réfléchi ensemble aux règles indispensables à mettre en place. Ça avait donné lieu à quelques débats. Un programme d'ateliers avait été élaboré, tous gratuits, dispensés par les occupantes et occupants du Hangar. « Les occupantes, surtout », m'avait précisé Raphaël avec un sourire en coin. La ville avait même proposé l'accompagnement de professionnels. Une pièce de théâtre s'était montée.

Le lieu attirait aussi des « extérieurs », les réunions s'étaient ouvertes, quiconque le souhaitait pouvait venir soutenir, s'investir, contribuer au projet. Raphaël passait régulièrement. Il mettait à disposition ses compétences d'infirmier, soignait les quelques plaies dues aux séances de bricolage pour aménager l'espace, les nombreuses plaies dues au froid, aux chutes, dispensait des conseils pour prendre soin de soi, déposait des pansements, des préservatifs, du désinfectant, des seringues propres.

– Pourquoi, au Hangar, ça aurait été différent d'ailleurs ? m'avait dit Raphaël à ce moment-là. L'alcool, les drogues, il y a des abus partout, pas que dans les squats.

J'avais hoché la tête. Yann avait ajouté qu'il avait aidé Napo quelques fois, pour rapporter des meubles ou autres ustensiles et appareils récupérés dans la rue, à Emmaüs, même chez des particuliers. De la vaisselle, une gazinière, un comptoir de bar, des chaises, une ou deux armoires. Le lieu prenait forme, dégageait un certain charme. Des allures de bateau pirate aménagé de bric et de broc. Raphaël et Yann m'avaient alors demandé de les suivre vers l'entrée du Hangar. Je n'avais pas vu à mon arrivée, mais à gauche de la porte se trouvait une grande armoire sur laquelle avaient été placardées plusieurs affiches manuscrites. Je m'étais approchée pour lire.

LE HANGAR, c'est quoi ?:

– un habitat autogéré, animé par un collectif;
– un lieu pour échanger, fabriquer, essayer ;
– un endroit issu de récup, de bricolage, et de nos rêves ;
– un espace pour s'amuser, en toute liberté (prix libre pour les ateliers et les concerts) ;
– une étape pour souffler, s'apaiser, repartir ou rester ;
– tout le monde, toutes et tous, est le bienvenu.

On aimerait bien :

– que chaque personne se sente responsable du lieu, des ateliers, des concerts ;

– manger à notre faim, végétarien, de préférence ;

– discuter autrement, en s'écoutant par exemple (pas soi-même, mais l'autre) ;

– se prêter des fringues raccommodées ;

– que chacun, et surtout chacune, se sente en sécurité.

Dans l'armoire, tu trouveras :

– des préservatifs ;

– des brochures de notre infokiosque – sers-toi !

– tout un tas de bidules qui pourraient t'être utiles ;

– un cahier si tu veux écrire plutôt que parler.

J'avais ouvert l'armoire et feuilleté quelques brochures : *Les anarchistes et la Commune* ; *Comment se protéger* ; *Comment organiser un concert* ; *Explosions féminines, Si t'es lourd, tu viens pas* ; *L'important, c'est de ne pas participer...* Raphaël m'avait rappelé que je pouvais me servir. J'en avais pris quelques-unes pour les lire plus attentivement plus tard.

– On retourne boire un coup ? Je vous invite ! avait-il ensuite claironné en se dirigeant vers le comptoir, Yann lui emboîtant le pas.

J'étais restée quelques minutes en retrait, plantée devant la vieille armoire, un peu abasourdie. Raphaël avait fait demi-tour, m'avait prise par la main en rigolant :

– Oui, ça fait ça, la première fois, le Hangar. Allez, viens.

J'aurais pu partir quelques jours à la montagne avec des copains de la fac, mais j'avais préféré rejoindre la mer. J'avais été informée, comme tout l'équipage, qu'une soirée en l'honneur du chantier, de la traversée, du bateau aurait lieu prochainement. J'avais été touchée que le capitaine m'invite à y assister, moi aussi. La date tombait bien, pendant mes vacances d'hiver. Ne pas pouvoir y aller aurait été terrible. J'avais déjà la sensation de manquer tellement d'occasions. J'étais arrivée la veille chez Yann. Impatiente, je ne cessais de lui demander qui y serait. Ça avait fini par l'agacer un peu. Il s'était inquiété de savoir si je n'étais revenue que pour ça, que pour cette soirée.

Le lendemain, Yann m'avait emmenée dans sa vieille bagnole à l'habitacle toujours aussi propre, les portières toujours pleines de CD, jusqu'au lieu de rendez-vous. Trente minutes de trajet pendant lequel nous n'avions pas parlé. Le silence n'était pas hostile. Il s'était garé près d'un café qui se trouvait dans un petit patelin. Un bistrot accueillant, chaleureux, un comptoir en bois flanqué de quelques tabourets, une ou deux tables et des chaises. Une cheminée aussi. Les murs étaient ornés de stickers, d'affiches, de photos. Cela ne sentait ni le tabac froid ni les verres d'alcool renversés. Yann et moi étions arrivés tôt, il n'y avait pas encore grand monde. Juste le capitaine et sa compagne, qui nous avaient salués et avec lesquels nous avions échangé quelques nouvelles. Yann et moi avions alors commandé une bière, et j'en avais profité pour mieux regarder les lieux. Il était très chouette, ce café. Je m'y étais sentie bien. Une scène, malgré la petitesse du lieu, se trouvait en face de moi, et au vu des affiches, des concerts devaient être organisés là régulièrement. J'avais aperçu Béa qui arrivait et levé la main timidement pour lui faire un signe. Elle ne m'avait pas vue et s'était arrêtée discuter avec quelqu'un à l'entrée. Patrick n'avait pas tardé à faire son apparition lui aussi, accompagné d'autres personnes. Yann avait sauté de son tabouret :

– Viens, on va leur dire bonjour. T'attendais que ça.

Mais je me sentais de trop.

– Allez, viens.

J'avais suivi Yann. Patrick m'avait présentée :

– Elsa, qui nous a suivis sur le bateau une partie de l'été, et Elsa, c'est des copains qui ont participé au chantier, mais qui ont le mal de mer.

Tout le monde avait ri, je m'étais détendue. Béa s'était rapprochée, m'avait même embrassée.

– Et Napo, il est pas là ?

– Si, si, Napo vient mais il arrive plus tard.

Nous nous étions regroupés devant la scène : un diaporama avec des photos du chantier allait être projeté, suivi de l'intervention du conseiller de l'ANPE qui avait suivi quelques-uns des participants, et enfin, une petite surprise musicale pour clore la soirée.

Le diaporama était génial, j'avais découvert des photos prises pendant la construction du bateau, et pu mettre ainsi des visages sur les noms évoqués pendant la traversée. J'avais vu la fatigue, l'enthousiasme, les aiguilles, les trous dans les peaux de vaches. Quelques photos avaient fait s'esclaffer l'assistance. Le conseiller avait pris ensuite la parole, se félicitant du projet, « une porte ouverte vers la reprise d'emploi et la réinsertion ». Patrick, debout à côté de moi, m'avait fait un clin d'œil. Je n'avais toujours pas vu arriver Napo. Mick manquait aussi à l'appel. Napo qui m'avait dit un jour que lui, toutes ces conneries, ça ne l'intéressait pas. Qu'il n'avait aucun besoin d'être « réinséré ».

– Tu vois, c'est comme ces jeux pour les gosses, avait continué Napo. Ces formes en bois, ou en plastique, qu'il faut faire rentrer dans le bon trou. Ben, moi, je suis un triangle qu'on veut faire rentrer dans un carré.

L'image m'avait marquée. J'avais bien visualisé des petits doigts tentant d'insérer le triangle dans le carré, puis s'énervant, tapant parce que ça ne rentrait pas, et jetant finalement le triangle contre le mur.

Le conseiller avait fini son discours dans un léger

brouhaha. Patrick m'avait chuchoté à l'oreille qu'il avait un entretien d'embauche la semaine suivante.

– T'inquiète, il va arriver, Napo, avec une surprise, même.

Yann avait compris facilement le principal intérêt de la soirée pour moi.

– C'est vrai, j'aimerais bien le voir mais c'est déjà chouette d'être là. Et puis, s'il vient pas, on ira au Hangar demain, non ?

Je ne voulais pas non plus exprimer trop fort ma déception.

Le café se remplissait peu à peu. Un grand gars s'approchait de nous.

– Hey, salut, Yann, salut, Elsa !

C'était Raphaël. J'étais contente de le voir à nouveau. Il nous avait invités à boire un verre, et nous nous étions mis à discuter de choses et d'autres, tous les trois. Comme les fois précédentes, Raphaël n'était pas avare de conversation, et m'avait posé pas mal de questions, je n'avais plus vu passer le temps. Un tintement avait retenti, et les lumières du café s'étaient éteintes, ne laissant éclairée que la petite scène. J'en avais profité pour me faufiler jusqu'aux toilettes.

Quand j'en étais ressortie, quelques minutes plus tard, et que j'avais fait face à la scène, je n'avais vu que lui. Debout, dos à la salle. Il portait un veston de costume bordeaux, un jean noir, son éternelle chaîne argentée brillait dans les passants arrière de la ceinture. Il était de dos, mais c'était lui. J'avais reconnu les tatouages sur ses bras nus, son allure, ses grosses chaussures, son crâne rasé sur les côtés.

Le veston surtout m'avait épatée. Yann ne me quittait pas du regard.

– Tu vas voir, c'est génial.

Et ça avait commencé. Napo s'était retourné lentement. J'avais aperçu Mick derrière une batterie, au fond, et une fille sur le côté, qui tenait une basse. Il n'y avait pas un bruit dans la salle quand la voix de Napo s'était élevée, seule, sourde, une voix que je ne connaissais pas. Napo chantait. Je ne l'avais jamais entendu le faire sur le bateau, même pas fredonner. Totalement happée par Napo sur scène, je n'avais pas entendu les paroles du début de la chanson. Après quelques phrases égrenées ainsi, Mick s'était mis à taper sur la batterie, et la fille sur sa basse. Napo s'était mis à crier plus qu'à chanter, mais il me semblait toutefois reconnaître au fil des paroles des airs de chants de marins.

– C'est cool, hein ? m'avait glissé Yann à l'oreille.

J'avais levé un pouce – oui, c'était cool. C'était surtout inédit, des chants de marins version punk. Napo m'avait paru exalté. C'était incroyable de le voir ainsi. Il avait sorti de sa poche en début de concert une flûte sur laquelle il jouait parfois quelques notes. Je m'étais étonnée de la portée de ce petit instrument au milieu du vacarme de la batterie et de la basse. Ça rendait bien, ces quelques notes aiguës qui venaient retentir de temps à autre. Plusieurs chansons s'étaient enchaînées furieusement, sans répit, et Napo, de nouveau, s'était retrouvé dos à nous, sans bouger. La batterie et la basse ne jouaient plus. Quelques notes de la petite flûte, puis à nouveau seule la voix de Napo. Cette fois-ci, j'avais reconnu distinctement les paroles d'une chanson apprise à l'école primaire.

« … Ces beaux visages d'hommes ces visages de vieux
Qui savent encore sourire et dire à nos vingt ans
Remettez vos cabans et rompez les amarres
Allez-y de l'avant mais tenez bon la barre[1]… »

Napo avait laissé sa voix s'éteindre doucement sur ces derniers mots.

1. « Loguivy-de-la-Mer », François Budet.

À chacun de mes retours auprès de Yann, nous passions au Hangar. Un soir, il n'avait pas voulu m'accompagner. J'y avais été seule. Je savais que Napo s'y trouverait. Les fêtes accueillaient tout le monde, c'était devenu un endroit fréquenté. La jeunesse de la ville s'y ruait. Le mélange des genres s'opérait. Parfois, même, un élu de la mairie, un commerçant du coin y faisait une apparition. Napo m'avait raconté que c'était le but. Accueillir tout le monde.

Ce soir-là, j'avais vu Caroline avant de voir Napo. Elle dansait seule, un verre à la main. Ses yeux s'étaient braqués sur moi à mon entrée.

– Te revoilà.

– Salut, Caroline.

Elle m'avait enlacée et entraînée dans sa danse. Elle me serrait comme pour tester la solidité de mon corps. S'agrippait à moi pour me repousser la seconde d'après. Je me laissais faire. L'apparition de Napo avait mis fin à notre étrange chorégraphie.

– Elsa. Tu es là. Tu bois une bière ?

Toujours comme si on s'était quittés la veille. Pas un « ça va ? ». Pas une banalité. Napo avait léché l'oreille de Caroline, avidement. Elle avait ri.

– On y va ? m'avait-il demandé, un sourire au coin de ses lèvres encore brillantes.

Au bar, nous avions retrouvé notre intimité du bateau. Je lui débitais des trucs qu'il ne me demandait pas. Qu'une de mes profs à la fac me fascinait, qu'elle arrivait dans l'amphi, juchée sur ses talons, toute petite, que son apparition suffisait à instaurer le calme, et que tous et toutes nous buvions ses paroles. Que j'aimerais être comme elle.

– Comment, comme elle ? m'avait demandé Napo.

– Sûre de moi.

– Les baskets, c'est mieux, avait-il alors objecté.

J'avais fait la moue mais ses reparties me plaisaient, me réconfortaient. J'avais enchaîné sur les clients de la boulangerie qui débarquaient en pyjama le matin pour acheter leur baguette, sur une copine qui avait été invitée au cinéma par un type, mais qu'elle s'était retrouvée à lui payer sa place pour un film qu'elle avait détesté. Je lui avais raconté comment, avec quelques copains, on avait tenté de créer une troupe de théâtre pour monter une pièce, mais qu'après quelques répétitions nous nous étions rendus à l'évidence : nous n'étions pas doués. Je jacassais depuis un moment quand il m'avait interrompue, comme ça, d'un coup :

– Bon, Elsa, qu'est-ce que tu fous là, toute seule ?

J'étais restée bouche bée. Il n'y avait pas d'animosité dans son ton, mais une réelle interrogation. Je ne voyais pas où il voulait en venir.

– Pourquoi Yann est pas là ? Non, mais oublie, c'est pas ça que je veux te demander. En fait, c'est… qu'est-ce que tu fous avec Yann ?

Je l'avais dévisagé, surprise, j'avais balbutié un début de réponse.

– En fait, ça ne me regarde pas vraiment et t'es pas obligée de me répondre. Mais, tu es là, tu me parles, de tout, de rien, tu ris, je t'écoute, c'est chouette de t'écouter, ça me change, ça me repose aussi, cette légèreté, et je me demande si, avec Yann, tu papotes autant, et je crois pas, sur le bateau, je t'ai jamais vue lui parler comme ça, je dis pas que ça l'intéresserait pas, mais…

Sa phrase était restée en suspens, le « mais » planait entre nous. Ce « mais » qui voulait tout dire, qui ne voulait rien dire, et que je ne voulais pas saisir au vol. Ce « mais » qui avait déjà plané dans mon esprit et que j'avais mis de côté. J'avais trouvé cela cocasse que ce soit Napo qui me demande. Napo si différent de moi. Qui m'interrogeait sur ma relation avec Yann, si différent de moi, lui aussi.

Je scrutais intensément le fond de mon verre, Napo gardait le silence. Il attendait quand même une réponse. Alors j'avais exprimé maladroitement ce que je ressentais pour Yann, mon attirance pour son mode de vie, la tendresse qu'il m'inspirait, ma curiosité, aussi, ma reconnaissance parce qu'il m'avait amenée à lui, à eux, sur le bateau, sans lui je n'aurais jamais rencontré Napo, mon envie de lui rendre la pareille, de le remercier pour ça. Et puis, son regard sur moi, ce regard prévenant, observateur, sa manière prudente d'être avec moi. Je n'avais pas besoin de lui, il n'avait pas besoin de moi. Mais nous nous étions rencontrés. Et je vivais avec Yann des moments que je n'aurais vécus avec personne d'autre, je lui étais redevable, de ça, et j'étais séduite, attachée à lui, et... je crois que Napo n'avait pas été dupe alors que je m'obstinais du mieux que je pouvais.

– Ouais, c'est un chic type, Yann. Mais tu vois, Elsa, pour en revenir aux baskets, les baskets, c'est bien, parce qu'on peut s'y sentir bien, dans ses baskets. Vraiment bien. Les talons, ça fait mal aux pieds même si ça donne l'impression d'être sûre de soi. Et je crois que toi, tu as pas encore trouvé la chaussure qui te convient, mais quand on a mal aux pieds, quand même, faut en changer.

Je n'avais rien trouvé à redire à cela, j'avais juste regardé mes pieds. Napo m'avait alors empoignée par le bras et nous avions rejoint Caroline et d'autres copains à eux.

Plus tard dans la soirée, attablés et serrés sur de vieux bancs, l'un d'eux, un type que j'aurais pu croiser n'importe où, rasé de près, une casquette sur la tête, jean, tee-shirt noir et veste grise, m'avait proposé une crasse qui tournait.

– Qu'est-ce que c'est ?

– Du LSD.

Quelques secondes s'étaient écoulées. Avais-je hésité ? Je

n'avais qu'à tendre la main, ouvrir la bouche, laisser fondre sous la langue. Passer de l'autre côté pour cette fois.

– Ben quoi, t'en veux pas ?

J'avais cherché Napo du regard. Il discutait avec Caroline à l'autre bout de la table. Il avait dû sentir mon désarroi, car il avait tourné la tête.

– Non, non, merci, je n'en veux pas.

L'autre avait écarquillé les yeux et était parti d'un grand rire. Napo m'avait fait un signe de tête de loin, que tout allait bien, puis il avait repris sa discussion. Mais je m'étais sentie seule, étrangère, déplacée. J'avais eu envie de rentrer, de retrouver Yann dans la caravane. Je m'étais levée, titubante, m'étais approchée de Napo et Caroline.

– Napo, j'y vais, je rentre, avais-je articulé.

J'avais trop bu pour rentrer. Napo m'avait ordonné de rester sur place. Il m'avait accompagnée jusqu'à une couchette du wagon désaffecté qui servait aux hôtes de passage. Je me retrouvais seule au milieu de gens que je ne connaissais pas.

– Le type, là, qui t'a proposé de la drogue, tu as bien fait de lui dire non, c'est pas si simple, de dire non, au milieu d'un groupe, comme ça. Y en a plein qui y arrivent pas. Souvent, c'est comme ça qu'ils commencent. Et après, ben, vu nos vies, on peut plus s'arrêter. Ça fait du bien, un temps. J'ai essayé, moi aussi, mais j'ai pas continué.

Il m'avait gratifiée d'un de ses rares sourires.

– J'ai bien fait, hein ? T'as vu mes dents ? Elles sont pas mal, hein ? avait-il renchéri en tirant des doigts ses lèvres au-dessus de ses gencives. Alors que l'autre, là, t'as vu la gueule de ses chicots ? Bah, vaut mieux en rire, non ? Dire des conneries, ça leur fera pas plus de mal, avait-il conclu.

Et puis, il s'était éloigné en me disant que je pouvais dormir tranquille, et qu'on se verrait le lendemain. Que si je me levais la première, j'avais qu'à aller acheter en pyjama une baguette, et des croissants tant qu'à faire, à la boulangerie du coin. Je n'avais pas eu peur. Je m'étais endormie, sans questions. Napo dormait dans son camion avec Caroline, pas loin.

Le lendemain, à mon réveil, tout était calme. Un ronflement traversait la cabine. Une fois extirpée de ma couchette et du wagon, j'avais rejoint le container où se trouvait un ersatz de cuisine plutôt bien conçue. Caroline se tenait près de la gazinière. Elle avait déjà préparé un café, en avait versé dans une seconde tasse en me voyant et me l'avait tendue d'office. Elle était restée un long moment debout, je m'étais assise sur un des vieux canapés aux ressorts déglingués. Rien ne traînait ici, dans les espaces communs, la règle de ranger après chaque passage était respectée. Ça me surprenait, cet ordre et ce sens du vivre-ensemble. Mon regard avait balayé la pièce, les affiches de concerts délavées, les mots doux griffonnés, les dessins criards et parfois naïfs. J'évitais de regarder Caroline, elle me mettait toujours un peu mal à l'aise. Finalement, c'était elle qui était venue s'asseoir à mes côtés, comme si elle avait délibéré avec elle-même, et opté pour ça. Me révéler Napo.

Napo avait grandi dans une famille où il avait été désiré, un frère, une sœur, une mère, un père. Même des grands-parents. L'enfance pas loin du stade, de l'école, du supermarché. Dans un de ces nouveaux quartiers qui avaient émergé à l'est de la ville quand il avait fallu construire des grands ensembles à tour de bras. Des blocs de béton troués de baies vitrées donnant avec vue sur la vallée, et même, pour les chanceux, sur la mer.

– Ça confinait presque au luxe, avait raillé Caroline.

J'avais haussé les sourcils. Ces petits immeubles de bas étages rassemblés dans un coin de la ville, je les connaissais. Ma grand-mère habitait à côté. Juste à côté. Elle m'avait parlé à de nombreuses reprises de ces tours de béton qu'elle avait vues surgir de terre, et se plaisait à exhumer de vieilles photos découpées dans le journal, montrant l'évolution de la construction. « Ce quartier a changé la ville », disait-elle alors. Mais elle aimait bien aller se promener dans les petits parcs en bas des immeubles. Elle était fière, aussi, de me raconter la venue chez elle des *gamins de la cité*, le mercredi. Elle leur faisait l'aide aux devoirs, agrémentée d'une distribution de bonbons en fin de séance. Ils lui tenaient compagnie. Je les avais croisés quelques fois. Peut-être étais-je déjà passée près de Napo sans le savoir, au détour d'une rue, ou à l'occasion d'une course pour ma grand-mère à la supérette de la cité.

Les parents de Napo travaillaient dur. Ils avaient été heureux de cet appartement quasi neuf dans ce quartier tourné vers l'avenir. Ils voulaient le meilleur pour leurs trois enfants. Ils avaient même une télévision, sur laquelle leur mère mettait souvent des dessins animés en anglais. Il en était d'ailleurs resté à Napo quelques vestiges, lui qui avait tout lâché. Je l'avais surpris, pendant la traversée, à converser avec un marin anglais, un original sur un hydrocycle, coiffé d'un chapeau avec une plume hérissée dans le vent.

Napo avait l'habitude de prendre ses repas en famille, on lui lisait des histoires le soir, ils faisaient même des sorties le dimanche. C'était un enfant calme, qui n'avait jamais profité de sa place de petit dernier. Trop peu d'écart entre les grands et lui, sa mère n'avait plus le temps ni l'énergie de s'émerveiller. Il dormait beaucoup, souvent. « Un sommeil un peu agité », se plaignait parfois sa mère, des réveils nocturnes fréquents pour lesquels elle ne se levait plus. Napo avait appris très vite à gérer cela seul. Un troisième enfant idéal, qui ne prend ni trop de place ni trop de temps. Il tombait souvent, cela dit, combien de fois était-il revenu avec une bosse, une arcade sourcilière ouverte, un genou en sang ? Il avait dit à Caroline que sa mère s'alarmait du nombre de chutes qu'il faisait. Elle le soignait avec délicatesse. Et ses plaies cicatrisaient. Napo avait dépeint l'une de ces scènes avec nostalgie. Sa mère assise sur le rebord de la baignoire dans la salle de bains exiguë, un flacon d'antiseptique dans la main, un coton dans l'autre, le front plissé. Le buste penché au-dessus de la jambe tendue de son fils, posée sur ses genoux, elle était concentrée comme doit l'être un chirurgien. Napo, accoudé les bras en arrière au lavabo, se rappelait renifler alors avec avidité l'odeur âcre du désinfectant. Il aurait parfois voulu que cela dure, que la plaie soit béante et sa mère toujours là pour lui seul, enfermés tous deux dans la salle de bains.

– Je te jure que ses yeux brillaient quand il m'a rapporté ça, avait chuchoté Caroline.

L'école ne l'emballait pas vraiment. Ni les copains ni ce qu'il y apprenait. Ses chutes et sa léthargie avaient inquiété une de ses enseignantes. Mais les messages qu'elle mettait dans le cahier s'étaient perdus parmi d'autres. Elle avait insisté, proposé des rendez-vous, l'aide de l'assistante sociale, du psychologue scolaire. Napo se souvenait bien d'elle. De l'attention qu'elle lui avait portée. Mais cela n'avait pas suffi.

– Attends, bouge pas, faut que j'aille pisser. Tu nous ressers un café ?

Pendant l'absence de Caroline, je m'étais souvenue d'un épisode de sa vie que Napo m'avait raconté, un jour, sur le bateau. C'est la seule fois où il s'était confié sur son passé. Je le chambrais au sujet de la cigarette pendue à ses lèvres alors qu'il s'était encore assoupi. Je ne sais pas s'il dormait véritablement, dans ces moments-là. Après avoir remarqué moi aussi ces attitudes étranges qu'il avait parfois, après ce que Yann m'avait confié, le tracas de Raphaël, j'avais commencé à l'épier. Ça ne durait jamais longtemps. C'était comme une disparition interne l'espace de quelques secondes. Quelques secondes répétées plusieurs fois par jour. S'ensuivaient un affaissement de son visage, un égarement des yeux. Sa peau rougie d'embruns, de soleil et de vent devenait pâle. Si je lui demandais comment il allait, il semblait ne pas comprendre ma question. Cette fois-là, revenu à lui, il m'avait rétorqué que ça n'était pas la première fois, que ça ne serait sans doute pas la dernière.

– Te fais pas de souci, Elsa, je vais pas foutre le feu au bateau. Quoique, une fois, ça a bien failli arriver, que je foute le feu.

La fumée avait tout envahi.

– Ma mère avait dû quitter son boulot à la hâte, elle avait couru dans les escaliers. Elle portait encore la blouse du magasin quand elle avait déboulé dans ma piaule. Le soir, quand elle avait tout balancé à mon père, je l'avais entendue lui dire : « Encore ce petit con qu'avait oublié sa clope, purée, combien de fois je lui ai dit de pas fumer dans l'appartement. Purée, mais c'est pas vrai. Je lui ai dit pourtant, je lui ai répété. Et puis, j'étais affolée, moi. Et l'ascenseur qu'était en panne, j'étais essoufflée dans les escaliers… » Et mon père de répondre : « Mais c'est pas vrai, c'est quoi son problème ? Il comprend rien, qu'est-ce qu'il a dans la cervelle ? C'est pas faute de l'avoir prévenu. Il va m'entendre. » Des sons diffus me parvenaient, ma mère toussait dans les escaliers. Mais j'étais pas vraiment là. Une toux subite qui lui déchirait les poumons. J'avais entendu les clés tinter. Elle cognait et râlait contre la porte. Et moi je pouvais pas bouger de mon lit. Et puis elle était arrivée, toute transpirante, échevelée, affolée. « Purée de purée de purée, mais où est-ce qu'il est, mais c'est pas vrai, mais c'est pas vrai, mais où est-ce que t'es, je vois rien. » Heureusement, les voisins avaient appelé les pompiers. « Purée, mais, mais c'est pas vrai, mais combien de fois je te l'ai dit ! Tu fumes pas dans ton lit, et qu'est-ce que tu fous là, en plus, à cette heure-ci ? La voisine a téléphoné au travail, ils m'ont appelée dans le micro, j'aime pas ça, c'est Cynthia qui a repris la caisse, elle m'a regardée d'un drôle d'air mais je ne lui ai pas posé de question, j'ai filé dans le bureau. "Rentrez chez vous, Annie – qu'il m'a dit, l'autre –, il y a un problème." Mais purée… mais qu'est-ce qui t'a pris ? T'es plus un gamin, tu sais que c'est dangereux, et puis… merde, quoi. » Napo avait imité sa mère ce jour-là, l'inquiétude et la colère dans sa voix.

– Ça l'avait énervée, ma mère, que je réagisse pas. Mais je sais pas, je comprenais pas ce qu'elle me rabâchait. Y avait eu les bruits, la toux, les clés, la sirène. Mais j'étais pas là. Et puis, soudain, j'avais vu la couverture brunie au pied du lit, les trous dans la moquette. Alors je l'avais regardée, ma mère, et j'avais rien pu lui dire.

Napo avait quand même eu ce réflexe. Étouffer le départ de feu.

– T'as pas mis de sucre au moins ?

Caroline revenait comme une bourrasque des toilettes. Elle avait pris sa tasse et s'était enfoncée dans le canapé.

– Parce que, bon, le sucre, c'est du luxe hein quand même, mais toi, t'aimes bien peut-être. C'est pas grave, si t'aimes bien, mais moi je préfère sans. Allez, reviens t'asseoir, je continue pendant que je suis lancée.

Napo avait enchaîné sa scolarité cahin-caha. Un bac pro mécanique. Ça l'avait plutôt botté, au début. Il se voyait bien réparer les voitures des copains, trafiquer les mobs.

– Il dit que le bleu lui allait bien, avait plaisanté Caroline. Il aimait se sentir utile, l'être un peu, aussi. Et puis, tout ça, finalement, ça ressemblait au reste. Quand il n'était pas au garage, à trimer sous une voiture et à se faire engueuler par le patron, il séchait les cours. Un jour et puis un autre, une fois l'attrait de la nouveauté évaporé. Il avait tout bien compris, bien suivi, bien enregistré. Il faisait comme il fallait. Au début, même, le patron, les profs, ils étaient plutôt contents. « Un bon élément », ça avait été marqué sur le bulletin du premier trimestre. Et l'ennui l'avait rattrapé, la fatigue aussi. Il dormait, à nouveau, et souvent. À tout bout de champ. Des absences et des silences. Le patron lui parlait, il répondait pas, alors il l'enguirlandait. Au début, en rigolant, hein : « Je rigole, hein, allez, va, remets-toi au boulot. » Ça l'avait énervé, au bout d'un moment, le patron. Il rigolait plus, là, avait continué Caroline.

Tout s'était ensuite enchaîné. Un jour, le patron de Napo avait appelé ses profs, et le matin, en arrivant au bahut, il était convoqué. Il s'était présenté devant le bureau, se demandant comment échapper à tout cela. La réponse n'était pas apparue à ce moment-là devant la porte close du proviseur. Elle avait surgi l'après-midi, devant l'air affolé, affolé et consterné, de sa mère. Si des mots avaient été échangés, est-ce que cela aurait changé la donne ? Des mots pour expliquer, des mots pour comprendre. Mais ni Napo ni sa mère ne connaissaient ce chemin. Les mots, c'était pratique, concret – « passe-moi le sel », « il pleut aujourd'hui, prends ta veste », « on mange des nouilles ce soir », « je rentrerai tard ». Alors, mettre en mots son ennui, ses envies d'autre part, son aversion pour la routine, sa peur de décevoir, de la décevoir, Napo en était bien incapable. Quant à sa mère… l'antiseptique ne suffisait plus.

Il était parti. Il avait tout planté là, rempli à la va-vite un sac à dos et pris la route, vers il ne savait pas trop où.

L'errance de Napo avait commencé. Il était parti vers l'intérieur des terres, il avait d'abord longé les routes, sur le bas-côté. Au début, il ne tendait pas le pouce pour qu'on le prenne en stop. Il se refusait le confort d'un siège, la chaleur d'un habitacle. Il n'avait pas envie de parler non plus, ne savait pas expliquer. Il n'avait pas envie de rencontrer des visages aimables qui auraient pu faire plier sa volonté. Il n'avait emporté que le minimum, dormait à même le sol dans un sac de couchage remonté jusqu'au crâne dans des endroits qui lui semblaient appropriés. Curieusement, son sommeil était de plomb. Il se réveillait à l'aube, le visage recouvert de rosée, reposé. Il repartait avec rien dans le ventre, si ce n'est une ou deux barres de céréales bon marché qu'il mangeait avec parcimonie chaque jour, pour tenir le plus longtemps possible. Il avait marché suffisamment pour que ses pieds endoloris n'en puissent plus, mais que son esprit soit assez clair, serein même. Il avait fini par tendre le pouce. Un tracteur s'était arrêté, la première fois. Le fermier cherchait justement des bras pour la cueillette des fraises, il l'embauchait le temps d'un été, s'il voulait. Napo voulait bien, oui.

Il avait un lit dans une chambre, ses quelques affaires, et de quoi manger. Cela lui avait suffi pour se poser, et penser à la suite. Il avait hésité à appeler sa mère, lui dire qu'il allait bien. Et puis avait renoncé. L'été fini, il était reparti avec un gars rencontré à la ferme qui lui avait dit avoir des connaissances dans le Sud. Ils avaient tracé la route. Napo avait découvert une solidarité qu'il n'avait pas connue jusqu'alors, la possibilité de se faire accueillir sans questions, sans jugement dans des groupes disparates, d'hommes et de femmes échoués à la rue. Il enchaînait les petits boulots quand il en trouvait. Quand il restait le bec dans l'eau plusieurs semaines d'affilée, il y avait toujours la manche. Il n'aimait pas ça, tendre la main. Il n'aimait pas le regard en coin de celles et ceux qui donnaient. Napo présentait bien, jeune, pas tatoué, pas encore marqué, pas de chien : on lui donnait. On pensait peut-être que l'aider, comme ça, le remettrait dans le droit chemin. Quelques-uns tentaient de discuter, de savoir comment il en était arrivé là. Des aides existaient, il fallait juste faire quelques démarches. Napo secouait la tête, remerciait, n'en pensait pas moins. Il avait choisi d'être là, il y resterait. Ça avait duré quelques années, l'enthousiasme insouciant des débuts avait fait place au froid, à la solitude, à la peur. Les nuits dans la rue n'avaient plus la saveur de l'intrépide nouveauté. C'est là que Napo avait décidé d'adopter son chien. Pour ne pas être seul. Il y avait toujours les autres bien sûr. Les autres comme lui ou presque, ils se retrouvaient dans la journée, ouvraient des bières, de plus en plus tôt, de plus en plus souvent pour Napo, ils discutaient, rigolaient même, parfois. Mais le soir, le soir, c'était à qui trouverait une place dans un accueil de nuit, à qui trouverait à s'incruster chez telle ou telle connaissance, à qui irait dans son coin qu'il ne voulait pas toujours divulguer. Napo avait testé les accueils de nuit, il avait détesté cela. La promiscuité, l'enfermement, l'entassement. Il préférait être dehors. Une fille lui avait parlé de la portée à venir de sa chienne, il avait craqué, tant pis pour les attaches.

Poison était alors entré dans sa vie. Poison, le nom dont il avait affublé son chien. Napo l'avait dressé, caressé, nourri, il dormait avec lui, contre lui. Poison ne le quittait plus, grognait dès qu'il sentait de l'animosité envers Napo, savait s'allonger aux pieds de son maître sans bouger pendant la manche. Poison avait sauvé Napo de sa solitude, et pour la première fois, Napo s'était senti responsable. Fier d'avoir su élever son chien. Fier de prendre soin de lui. Poison l'avait pourtant un peu plus exclu du monde environnant. Les accueils n'acceptaient pas les chiens. Le laisser devant un entrepôt pendant qu'il effectuait un petit boulot était impensable. L'emmener à des rendez-vous administratifs, de suivi, de demandes d'aides, c'était interdit. Et Napo ne voulait pas se séparer de son chien. Il redoutait de le perdre. Napo avait alors décidé de quitter le Sud, où tout lui semblait compliqué. On lui avait parlé d'un squat ouvert dans sa ville. Il avait pensé que c'était peut-être le moment d'y retourner. Poison et lui avaient repris la route en sens inverse. Napo avait changé. Plusieurs tatouages, certains loupés, ornaient alors son corps qui avait été vierge à l'aller. Il ne restait pas grand-chose de ses cheveux, courts, bruns, lisses. On les devinait à la racine de son crâne rasé sur les côtés, une crête décolorée au milieu. Napo avait changé. Son allure lui collait plutôt bien à la peau. Ça lui convenait à lui. Il en était sûr à présent, le bleu, c'était pas pour lui.

Le retour n'avait pas duré si longtemps. Quelques haltes ici ou là au gré des voitures qui les prenaient en stop. Beaucoup rechignaient à laisser monter Napo et Poison, mais chaque fois qu'on les avait embarqués, Poison s'était tenu à carreau sur la banquette arrière, et Napo devant. Une vieille dame avait même osé le prendre sur le bas de la route une fois, c'était plutôt rare, la dégaine de Napo effrayait les vieux, en général.

– Il pue pas trop, votre chien, avait remarqué la mamie après quelques kilomètres.

Poison dormait sur la banquette arrière. Napo avait bien aimé son franc-parler. La mamie avait proposé de l'emmener plus loin que prévu. Elle avait le temps, personne ne l'attendait, elle avait proposé cela à Napo : l'emmener un peu plus loin contre un petit bout de conversation. Napo n'avait pas dit non. Pas seulement pour avancer, pour lui faire plaisir aussi, à la mamie. Ils avaient ri, tous les deux.

Elle s'était montrée curieuse. De quoi il vivait ? Est-ce que l'argent qu'on lui donnait, il le buvait ? Pourquoi il vivait comme ça ? Est-ce qu'il avait pas une famille ? Et se laver, où est-ce qu'il se lavait ? Et le chien ? Et ça signifiait quoi, cette coupe de cheveux ? Et est-ce qu'il était amoureux ? Et il faisait quoi de ses journées ? Napo s'était prêté au jeu, même s'il avait eu l'impression d'être le sujet d'une étude. Et puis, il s'était dit qu'il était con, lui aussi, parfois, avec ses préjugés, que les vieux, c'est comme les autres, pas plus, pas moins. On a tous peur, mais certains font l'effort d'aller vérifier si la peur est sensée. *Pas sûr que moi, j'aurais été vers elle*, avait pensé Napo.

Il ne lui avait d'ailleurs pas beaucoup posé de questions. Ils s'étaient quittés tous les deux autour d'un café dans une station-service. La mamie lui avait acheté des madeleines pour la route. Napo l'avait remerciée. Il ne lui restait plus que quelques kilomètres avant d'arriver.

D'arriver où ? s'était-il demandé. D'un coup, il doutait. S'il ne trouvait rien ? Si le squat n'existait pas ? Si on lui avait raconté des bobards ? Ou que le lieu avait déjà été démantelé ? Il avait décidé de marcher, son sac sur le dos, Poison à ses côtés. Il avait longé la route nationale, était entré dans la ville. Il aurait pu aller sonner chez ses parents. Il avait continué, les pieds endoloris, les épaules labourées par les sangles de son sac. Il s'était dirigé vers un quartier éloigné de la ville, dans une sorte de zone industrielle défraîchie le long d'un canal. Les trottoirs étroits peu éclairés n'incitaient pas à la promenade du soir mais ce quartier accueillait surtout des entrepôts. Après quelques hésitations sur la direction exacte à prendre, un bruit de cochon qu'on égorge l'avait aiguillé. Il avait souri, caressé le crâne de Poison. « On est arrivés, mon chien. »

Quand il était apparu au seuil de l'entrepôt désaffecté, quelques têtes s'étaient retournées. Un gars criait sur une scène improvisée en malmenant un synthé. Seules une dizaine de personnes se trouvaient là. De la fumée s'échappait d'un gros bidon coupé. Des bancs de fortune, des planches posées sur des parpaings s'étalaient dans l'espace immense, rassemblés autour de la source de chaleur. Deux filles s'étaient emmitouflées dans une couverture à carreaux, dont chacune tenait un coin. Napo remarqua leurs mains rougies par le froid. Ça faisait un moment qu'il était planté là. Le gars debout sur la palette qui lui servait de scène stoppa enfin le massacre et le toisa.

– Salut.

– Ben avance, reste pas là comme un con, lui balança une des filles sous la couverture.

Napo avança lourdement. Poison ne bougea pas. Il restait campé sur le seuil.

– Ton chien, il rentre pas ? Il se méfie de nous ? Il s'appelle comment ? continua la fille.

– Poison. Il rentrera quand il le sentira.

La fille s'était levée pour aller chercher un truc dans un coin du bâtiment. Au bruit de l'ouverture de la boîte de conserve, Poison avait dressé les oreilles. Puis, l'odeur l'avait attiré, il s'était approché doucement de la fille qui avait posé la boîte devant elle.

– Bon, ben je crois que c'est bon. Ton chien, il a plus la trouille, avait rigolé la fille avant d'ajouter : Moi, c'est Jade.

Le groupe s'était détendu. Napo s'était assis en grognant. Son corps n'était que souffrance. Il ne s'était pas étendu sur son histoire, ce soir-là, les autres ne lui avaient pas fait passer d'interrogatoire. Ils lui avaient proposé un des lits vacants. Un matelas à même le sol sur lequel il s'était laissé tomber de tout son poids.

Ça l'avait aidé, cet endroit. Ce refuge relégué aux confins de la ville pour ne pas faire sale, pour quand même avoir l'air bien, un peu à gauche. Napo avait trouvé là un espace où faire évoluer sa différence. Le lieu, leur espace, se transformait au fil des jours et des idées des occupants. Un comptoir en bois aux traces de milliers de verres bus et de mains posées avait été récupéré dans un bar qui n'avait pas trouvé repreneur. Le terrain autour de l'entrepôt avait accueilli des caravanes et des camions, d'autres personnes qui venaient voir, restaient, voulaient participer. Toutes les volontés pouvaient être bienvenues, du moment qu'elles se conformaient à l'esprit voulu : pas de hiérarchie, de la débrouille, l'envie de vivre ensemble, de faire avec, et pas comme les autres, fonctionner dans le groupe, n'être que par le groupe, être autonomes ensemble, proposer une alternative au monde. L'équilibre tenait, certains et certaines repartaient.

Très vite, il y avait eu cette volonté de monter une scène

punk, des concerts. C'était Loulou, le gars du premier soir, qui avait lancé l'idée. Alors qu'il s'agitait, juché sur sa scène éphémère, il s'était interrompu brusquement au milieu d'un long cri éraillé :

– Et si on faisait des concerts ?

Napo et les autres avaient relevé le menton.

– Des concerts comme une salle, quoi ? Des concerts punk, pour nous, pour tout le monde ? On ferait ça gratos, ou on verra, le but c'est pas de se faire du fric, c'est sûr. Le but, c'est… ben, on s'amuse quoi, et puis, on leur montre, à eux tous, qu'on est capables.

– Capables de quoi ? avait relevé Jade. On n'a rien à prouver, et puis montrer à qui ? C'est qui, eux ?

Loulou avait continué sur sa lancée, enflammé, sûr de lui. Ils devaient faire ça, il le sentait, la ville en avait besoin, les gens en avaient besoin, ça ferait un peu d'animation dans ce quartier pourri. Jade rétorqua que, oui, ils le feraient, pas pour prouver quoi que ce soit, mais parce que c'était chouette, simplement. Sa copine de la couverture approuva. Une fois Loulou et Jade d'accord sur l'idée, le groupe avait emboîté le pas. On avait été équiper la grande salle d'une scène en dur, une vraie fabriquée à partir de palettes récupérées ici et là dans les entrepôts de la zone. Napo avait trouvé des pots de peinture à moitié pleins sur le parking d'un magasin de bricolage. Lors d'une soirée, chacun y était allé de son lancer de peinture, éclaboussant les palettes, le sol et les murs. L'effet bigarré leur avait plu. LE HANGAR avait été peint en grosses lettres dégoulinantes au-dessus du comptoir et à l'extérieur du bâtiment.

Le premier concert avait été celui de Loulou et de son groupe formé sur le tas. Steve à la batterie – un ersatz de batterie –, Vince à la basse – un copain de lycée de Loulou qu'il avait recontacté pour l'occasion –, et Sylvie aux chœurs. Des notes improbables, un rythme intrépide, des paroles délirantes, et toujours ce cri de cochon égorgé de Loulou. Le premier concert avait rassemblé une trentaine de personnes, Loulou avait donné un nom au groupe qui avait enchaîné quelques dates. Très vite, le bouche-à-oreille avait fonctionné. Des groupes du coin se proposaient, jouaient. Le Hangar se remplissait.

Napo adorait ça. Participer, aider, écouter, sentir les vibrations traverser son corps, résonner entre ses deux tympans. Aider à décharger les instruments, l'excitation avant le concert, brancher les câbles, bricoler les affiches et les coller sur les murs de la ville. Le Hangar avait très vite acquis une certaine renommée sur la scène punk. Des groupes venaient de loin, parfois. Napo commençait à y croire. À croire qu'une façon de vivre différente, la leur, était possible à l'intérieur même de l'autre société, la grande, celle des autres. À l'intérieur et pas à côté.

Napo partageait volontiers son camion avec celles et ceux qui débarquaient pour la nuit, quand toutes les couchettes étaient prises, celles et ceux qui échouaient là parce que, nulle part, ils ne trouvaient de place. Caroline, elle, c'était différent. Elle restait de temps en temps mais ne s'installait pas pour autant. Napo tenait trop à cet endroit à lui, à lui seul, pour le partager définitivement. Elle gardait son appartement en ville. Et la vie de Napo avait pris une espèce de routine.

Un jour, comme ça, Yann avait fait l'aller-retour jusque chez moi. Au réveil il avait pensé : *Il faut que je la voie*. Il avait sauté dans sa voiture. Sauf que quand je l'avais trouvé installé à table avec ma mère, au retour de la fac, je lui en avais voulu. D'être là. De tout mélanger. Son apparition dans mon univers ne m'avait pas plu. Tout ce trajet pour moi m'avait contrariée. Nous étions bien là où nous en étions, pourquoi changer la donne ? J'aimais le retrouver dans la caravane, j'aimais ces escapades qui me permettaient de me sentir aventurière. Il a voulu me donner plus, m'assurer qu'il pouvait me donner plus. Je ne voulais rien d'autre. Ma tête ce jour-là.

– Elsa, chérie, j'ai proposé à Yann un café, le pauvre, après toute cette route. Il ne voulait pas entrer, mais quand même, on n'est pas des chiens, hein. Tu aurais pu me dire, que ton ami devait te rendre visite, j'aurais préparé un gâteau.

Mon ami. Yann, ça n'était pas « mon ami », du moins pas comme l'entendait ma mère. Le voir, assis, là, une tasse verte dans la main – « un sucre, Yann ? » – à converser avec elle comme pour une première présentation. Je l'avais trouvé ridicule. *Mais qu'est-ce qu'il fait là ? Je l'aime dans la fonderie, sur le bateau – Mais qu'est-ce qu'il fait là ? – Pas ici, pas chez moi.* Je ruminais cela en le dévisageant. Je m'étais sentie ingrate.

– Yann, qu'est-ce que tu fais là ?

Ma mère m'avait regardée. Sans attendre de savoir si Yann prenait un sucre ou deux, elle s'était levée – « à plus tard, Yann, ravie de vous avoir rencontré » –, puis éclipsée. J'avais rabroué Yann, je ne voulais pas le voir ici. Ça n'était pas sa place. Rien de ce qui se trouvait ici n'était pour lui. Je ne voulais pas le présenter à mes copains de la fac. Je ne voulais pas qu'il les voie. Nos deux mondes n'étaient pas compatibles. J'étais le chaînon qui par hasard se trouvait entre eux, mais je ne pouvais pas les relier. J'appréhendais ce que Yann pouvait dire, j'appréhendais ce que mes copains lui raconteraient. Ils n'auraient peut-être même pas trouvé un seul sujet en commun. Je n'avais pas envie d'essayer. Yann était reparti aussitôt, drapé dans son silence. Ses yeux trahissaient son incompréhension, mais il ne m'avait lancé aucun reproche.

– Tu t'assieds ?

– Je ne sais pas.

– Pourquoi ?

– Parce que je suis en colère.

– Assieds-toi, la chaise va pas casser.

J'avais regardé la chaise. C'était une chaise en fer, solide et inconfortable, cabossée comme certaines vieilles casseroles. Je n'avais pas envie de m'asseoir. J'étais revenue peu de temps après la visite express de Yann. Nous avions peu communiqué. Les e-mails s'étaient taris. Les appels à la cabine téléphonique aussi.

– Tu as mal au cul, ou quoi ?

J'avais eu envie de lui hurler dessus, de postillonner ma rage, de soulever la chaise pour la lui balancer à la figure. Ça ne me ressemblait pas. Son indifférence m'avait souvent apaisée, mais pas à cet instant-là. La violence de ma colère m'avait ébahie.

– Tu me rends barge, c'est fou de tout prendre comme ça.

– Comment, comme ça ?

– Je ne sais pas, comme ça.

J'avais eu un grand geste du bras, comme si je le balayais, lui et tout ce qui l'entourait, d'un revers de manche. Lui au milieu de ses décombres. Les tôles du toit n'avaient pas été remplacées. La table pliante était parsemée de miettes de son petit déjeuner, sa tasse en ferraille était vide. Une odeur de café froid parfumait l'air. Du robusta. Je n'aime pas le robusta.

– Tu viens de te lever.

Je ne posais pas de question, je constatais. Il avait hoché la tête. Je ne savais pas quoi ajouter. Je m'étais assise finalement. J'avais croisé mes doigts entre mes jambes. Je ne voulais rien toucher. Surtout pas lui. Il avait soulevé son bras pourtant, très doucement, esquissant le geste de venir recueillir mes mains, comme deux petits oisillons, au creux des siennes, calleuses, énormes. Je m'étais crispée.

– Non. Ne me touche pas.

Son geste ne s'était pas interrompu – pas tout de suite –, il y avait eu comme un ralenti. Il avait proféré d'une voix blanche « je ne te touche pas », avant de reposer son bras, comme pour être sûr d'avoir bien compris.

– Je ne t'ai rien demandé. Tu es venue toute seule.

Il avait raison. La colère qui m'habitait n'était pas seulement à son encontre. Je me blâmais aussi pour mon manque de courage. Mon incapacité à m'avouer que c'était moi qui partais. Que c'était moi qui aspirais à autre chose que ces murs délabrés, cette chaise cabossée, cette table de camping. Ce qui m'avait séduite n'avait pas duré dans le temps. Il avait raison.

– Je ne peux pas arrêter ça.

Son grand geste à lui englobait tout ce qui l'entourait.

– Je me détesterais de le faire. Même toi, finalement, tu me détesterais de renoncer. Pas tout de suite, peut-être. Dans quelques années.

Je ne sais pas ce qu'il entendait par là. Que je le détesterais dans quelques années, ou qu'il arrêterait dans quelques années ? Il n'arrêterait pas. Et sans doute que, oui, je n'aurais pas aimé qu'il le fasse. Un long silence nous reliait. Les silences ne nous avaient jamais éloignés. J'ai appris à me taire, avec lui. À comprendre que les mots sont souvent inutiles. Nous n'avons jamais été gênés par nos silences. Nous nous sommes aimés dedans.

– Yann, je...

Un souffle d'air agitait la tôle qui ondulait autour du terrain. Derrière, un chat s'était enfui, surpris.

– Tu reviendras.

Mes mains capitulaient entre mes genoux. Je ne le toisais plus. Toujours ce calme.

– Comment tu crois savoir ça ?

Mes épaules s'étaient affaissées et toute ma superbe évanouie. J'étais revenue le voir gonflée de convictions, sûre de moi. Je me dégonflais.

– Je ne sais pas.

Cette différence-là, entre nous. Je ne la percevais que

maintenant. À ce moment précis où un rayon de soleil attirait mon attention sur une tache de graisse sur son jean troué. Je ne pouvais plus en détacher mes yeux. Ce jean, ce trou, cette tache. Il s'en foutait, clairement. Et pas moi. Je n'aurais pas su faire. M'en foutre autant. Ce n'était pas seulement matériel. Ce n'était pas seulement ne plus prendre de bains parfumés dans une baignoire briquée à l'eau de Javel et ne plus s'avachir devant la série à la con du dimanche soir et ne plus attraper un tee-shirt neuf parmi tant d'autres tee-shirts neufs dans le placard. Ce n'était pas seulement boire son café tous les matins dans la même tasse en ferraille parce qu'il n'y a qu'une tasse en ferraille, ce n'était pas seulement grelotter sous l'eau à peine tiède de la douche ou traverser la cour pour aller aux toilettes.

J'étais restée dormir, malgré tout. Aller chez ma grand-mère ne me tentait pas plus que ça. L'idée d'aller au Hangar m'avait traversé l'esprit. Mais je n'avais pas envie de dire quoi que ce soit à Napo. J'étais restée à la fonderie ce soir-là. Yann et moi avions dormi l'un contre l'autre. Son bras posé sur ma hanche, et nos jambes emmêlées. Je ne supportais pas cela, d'habitude, si tant est qu'on puisse parler d'habitude dans notre relation fragmentée. Cela me provoquait une sensation d'étouffement, un poids gênant, qui m'empêchait de dormir. Cette nuit, non. J'avais même rêvé, il me semble. Le réveil dans la même position m'avait déconcertée, je n'avais pas osé bouger. L'odeur de nos corps réunis imprégnait les draps, mon tee-shirt, l'oreiller. Yann respirait dans mon dos, son ventre se soulevait et s'abaissait, se soulevait et s'abaissait, et je sentais son souffle sur ma nuque. La caravane s'était transformée en palace, et ce moment aurait pu durer. Lovée dans ce lit et dans ses bras, les couvertures en pagaille, l'espace réduit de la caravane me rassurait.

Yann avait ouvert les yeux à son tour et il avait bâillé, s'était étiré lourdement. Les poils bruns de ses aisselles, son haleine, ses mains trop grosses, le son rauque échappé de sa gorge, son caleçon déformé : ça m'avait sauté aux yeux. Tout cela m'avait plu. Tout cela me déplaisait. J'étais rentrée quelques jours plus tard et j'avais défait ma valise, trié le linge – à laver, à ranger –, j'avais glissé le tee-shirt de cette nuit sous mon oreiller, après l'avoir reniflé. Je dormais avec, me caressais le visage, entortillais mes mains dedans. Plusieurs jours, plusieurs nuits.

Je n'ai plus été le voir. Il n'est jamais revenu, de son côté, échaudé par la première fois et mon accueil si froid. Il avait semblé accepter cela, passivement. Yann se suffisait à lui-même. Je n'étais pas nécessaire à sa survie. J'aurais aimé le croire, à un moment. Je me découvrais soulagée de constater que ce n'était pas le cas. Cette ambivalence, toujours présente, dans ma relation à lui. Le vouloir comme il était, le vouloir autrement. Je ne l'avais pas aimé réellement. Mon ventre ne se nouait pas à l'imaginer m'embrassant. Rien de comparable à ce que j'ai vécu ensuite. Cet élan du corps, incontrôlable, ravageur. Je n'avais aimé que moi à travers Yann, moi dans cette situation. Ça n'est pas glorieux. C'est comme ça.

Un matin, je lui avais écrit. Que c'était fini. Que je ne reviendrais pas. Que je ne voulais plus. Que ça ne m'intéressait pas. Je n'avais pas pris de gants. Ça n'aurait servi à rien, avec Yann. Ça l'aurait blessé. Aller droit au but était une façon de lui témoigner mon estime, ma considération, lui montrer que je ne le prenais pas pour un con. En retour, il m'avait posté ma tasse, celle trouvée dans les cartons ouverts du garage de cet ami. Aucun mot de sa part n'accompagnait le colis. Longtemps j'ai gardé le tee-shirt que j'avais porté lors de notre dernière nuit passée ensemble.

Les pages se tournent. J'étais partie vers d'autres aventures, dans une très grande ville inconnue. Ma liberté nouvelle m'encombrait, je me retrouvais désemparée entre les quatre murs d'un petit appartement, plantée devant les rayons du supermarché à ne pas savoir quoi m'acheter pour manger, car manger seule, je n'avais jamais fait. J'allumais ma lampe de bureau le soir, créant un cocon de lumière et réduisant encore l'espace. Les bruits montaient du patio, des rires dont j'étais jalouse, des cris qui me terrifiaient, des conversations de série B. J'aurais pu prendre un appartement en colocation mais j'avais voulu la solitude, et je n'ai pas su y faire face. Des angoisses sont apparues, doucement. Des malaises dans le métro, dans les bars. Des pleurs océaniques qui inondaient mon lit. Et la fierté par-dessus, l'orgueil, ne rien vouloir dire, résister, me battre contre moi-même. J'avais maigri et ce nouveau corps me plaisait, mais cette maigreur était synonyme de perte de repères.

Chaque crise surmontée était une victoire dont je sortais épuisée. Je me sentais libre, mais je ne savais que faire de cette liberté.

Là-bas, je m'étais amourachée d'un Italien, et lui et moi nous descendions verre sur verre au bar derrière mon appartement. Je sortais sans prévenir personne, je rentrais sans que personne s'inquiète de moi. Je me demandais comment faisaient les autres ; s'ils y arrivaient, pourquoi pas moi ? Je prenais un train de banlieue pour rejoindre la fac, laborieusement, l'angoisse en guise d'enclume. Je fumais à m'en donner la nausée, et me forçais à sortir pour ne plus avoir à rentrer. Mais j'étais si raisonnable. Je n'ai pas sombré. Mes angoisses m'ont sauvée. Elles ont été des amies fidèles, et dévouées, dont la compagnie douloureuse a masqué la vacuité de mes journées. Elles me laissaient quelque répit, de temps à autre, à des moments inattendus. Je me demandais alors où elles étaient passées, si elles reviendraient. Elles revenaient toujours. Elles sont revenues jusqu'à ce que je n'aie plus eu besoin d'elles, longtemps, longtemps après.

Un soir, déambulant sur un grand boulevard, au milieu de passants nonchalants, je m'étais arrêtée. Que faisais-je là, loin des miens ? Stupéfaite, je regardais tous ces visages inconnus, riants, déformés. Jamais je ne m'étais sentie aussi seule et encombrée de moi-même.

Qu'aurait fait Yann avec moi ? Qu'aurais-je fait avec Yann ? Je me félicitais d'avoir opté pour un Erasmus plutôt que pour la caravane de la fonderie. Mais… mais, je ne sais pas. Parfois, je me disais que non, je ne me serais pas sentie si perdue. Pas dans ses bras. Peut-être que… Il était toujours dans ma vie. Nous nous parlions régulièrement. Il avait même tenté une escapade pour me voir. Je n'y croyais pas, je n'en revenais pas. Malgré la façon dont je l'avais reçu quand il avait fait ce déplacement alors que j'avais été abjecte, que je l'avais congédié sans tact et sans explications. Malgré la fin de notre relation. Malgré la distance.

Le téléphone avait sonné un jour de grisaille : Yann avait réservé des billets de bus, il avait envie de me rendre visite. Je ne savais pas si, moi, j'en avais envie. Pourtant, le réconfort d'un visage connu aurait sans doute apaisé mes craintes. Mais le mélange des univers ne me plaisait toujours pas. Je ne savais plus comment être, prise dans mes propres moi variant d'un monde à l'autre. Après quelques tergiversations que Yann m'avait laissées déballer au bout du fil, j'avais finalement accepté qu'il vienne. J'avais repensé à cette discussion autour de sa table de camping. « Tu reviendras », avait-il affirmé. Je lui revenais peut-être. J'aurais voulu qu'il soit déjà là. Le bus partait à minuit de la gare routière. Vingt-quatre heures plus tard, il aurait pu me serrer contre son torse. Nous aurions pu reprendre notre relation.

Je l'avais attendu, longtemps. Assise sur cette chaise marron inconfortable qui avait dû accueillir maints et maints culs. Mon regard s'affolait, le bus était arrivé, pas lui. Je m'étais trompée, d'heure, de bus, c'était plus tard, oui plus tard. Il n'était jamais arrivé. Je ne sais pas comment je suis rentrée à mon appartement. Yann n'avait appelé que deux jours plus tard. Il n'avait pas sa carte d'identité sur lui. Il était parti sans rien. Un contrôle à la frontière avait stoppé net son voyage. Je n'avais pas cru à ses sornettes, enfin, si, je l'avais cru, c'était possible après tout qu'il n'ait pas pensé à prendre sa carte d'identité. J'avais écouté sans piper mot, et j'avais raccroché doucement le combiné. Yann disparaissait pour de bon. J'avais rejoint l'Italien.

J'avais fini par quitter la grande ville un matin. Je m'étais accrochée au monde professionnel comme à une bouée. J'avais tissé de nouveaux liens, forts, au gré de mes expériences professionnelles, semé des chagrins, découvert des bords de rivière et jeté des petits cailloux. J'avais avalé des heures de route, traversé la France pour des week-ends ensoleillés. Laissé derrière moi l'enfance, l'adolescence, les tourments et les angoisses, j'ai résolu mes conflits intérieurs, dépassé des jalousies inhérentes, j'ai aimé plus que tout mes parents et ma famille, passé des heures autour de cafés insipides et de parties de tarot, j'ai appris, lu, flirté, bu, vomi dans les chaussures d'une copine, j'ai éclusé les bars, et je me sentais la reine du monde. J'avais rencontré cette fille incroyable dans une boutique où nous avions travaillé un temps ensemble. Je l'avais aimée très fort très vite. Sonia, elle s'appelait. Elle avait été une amie indispensable. Nous avions passé des soirées entières dans des bars à nous rapprocher, rire, nous dévoiler l'une à l'autre. Je m'en étais éloignée tout aussi rapidement. Je n'étais pas apte à conserver les liens que je créais. J'avais totalement perdu le fil qui me reliait à Yann et à Napo, quand Raphaël avait surgi, à nouveau.

Je ne m'imaginais évidemment pas recevoir cet appel.

– Elsa ? C'est Raphaël.

– Raphaël ?

– Raphaël, de Yann, Raphaël, de la traversée, du Hangar.

– Oui, j'ai reconnu ta voix, mais je ne m'attendais pas à ce que tu m'appelles.

– Je suis chez toi, enfin, je veux dire, je suis ici, depuis peu, et Yann m'avait donné ton numéro, un jour, et voilà, tu n'as pas changé de numéro. Je pensais que, peut-être, on pourrait se voir ?

– Mais qu'est-ce que tu fais ici ?

– J'avais envie de bouger, j'en avais assez d'être là-bas, tu sais, à voir toujours les mêmes gens, avoir toujours les mêmes conversations, il fallait que je change. Un médecin de l'hôpital avec qui je m'entendais bien connaît le chef de service de l'hôpital d'ici, et il m'a dit que c'était chouette, cet hôpital, ici. Ils cherchaient du monde. Je me suis dit pourquoi pas, après tout. Ça changera.

– Cest fou, je n'en reviens pas ! En tout cas bien sûr qu'on se voit, aujourd'hui, je suis prise, mais demain, oui, carrément.

Je m'étais aperçue que ma main était moite autour du téléphone. Mon cœur battait. Raphaël, ici. Incroyable. Les émotions affluaient, contradictoires. Le plaisir de le revoir, d'évoquer des souvenirs communs, la crainte d'avoir des nouvelles de Yann, l'envie d'avoir des nouvelles de Yann, la crainte de ne pas savoir quoi lui dire.

Il était convenu de nous retrouver sur la grande place, devant la statue. C'était le plus simple pour lui, qui ne connaissait pas encore bien la ville. Je travaillais dans le centre, à l'époque, dans une petite papeterie assez singulière. Remplie de carnets délicats et de stylos à plume, d'objets insolites. J'aimais cet endroit où j'avais été embauchée comme vendeuse, dans l'attente d'une autre opportunité. Mes études aux beaux-arts ne m'avaient menée à rien. Après un an à tourner le problème dans tous les sens, j'avais complété cela par une formation accélérée auprès de la chambre de commerce pour devenir gérante de magasin – mais de magasin de quoi ?

Raphaël se tenait droit, comme je me le rappelais, la tête haute et le regard taquin. Il portait un jean dont la poche droite dévoilait un paquet de cigarettes, un pull à la couleur étonnante, un violet très vif qui lui allait cependant plutôt bien. Combien d'années s'étaient écoulées ? Pas tant, mais suffisamment pour qu'il soit, malgré tout, différent.

– Raphaël !

Je lui faisais un signe de la main, du bout de la place, pour lui indiquer que je l'avais repéré. Et traversais avec nervosité les quelques mètres qui nous séparaient.

Nous avions peu parlé de Yann. Il allait bien. De Napo, Raphaël ne savait rien.

Ce premier rendez-vous avec Raphaël n'avait pas été ponctué de grands blancs. La conversation était fluide. Nos premiers échanges avaient porté naturellement sur nos souvenirs commmuns, et très rapidement, nous avions bifurqué vers d'autres sujets. Son travail, le mien, nos envies. Quelques heures s'étaient écoulées, puis il avait été temps de nous quitter.

Raphaël m'avait rappelée le surlendemain, pour me proposer de l'accompagner à une pièce de théâtre qu'il avait envie de voir. Surprise par sa proposition, j'avais accepté avec joie. J'étais déjà prise ce jour-là, j'avais prévu de retrouver une amie chez elle, mais j'avais annulé sans états d'âme le rendez-vous. La représentation se tenait dans une ancienne usine réaménagée par une compagnie emblématique de la ville, un lieu dans lequel je ne m'étais jamais rendue alors qu'il existait depuis longtemps. J'étais contente que cela soit Raphaël qui m'y conduise, lui qui venait d'arriver ici. J'étais contente qu'il me guide et me surprenne dans ma propre ville. Je n'ai que peu de souvenirs de la pièce, qui mêlait théâtre, arts du cirque et musique. Je me rappelle ne pas savoir quoi faire de ma main gauche, celle du côté de Raphaël, je la posais tantôt sur l'accoudoir, tantôt sur mes genoux, sous mes fesses, puis elle revenait sur l'appui de la chaise. C'était bête, cette main qui ne savait où se mettre. Celle de Raphaël ne bougeait pas, placide, sûre d'elle. Je pouvais observer à loisir ses longs doigts fins aux articulations un peu gonflées, les cuticules rougies, abîmées, dont la vue me faisait mal, à moi. Après plusieurs allers-retours, ma main avait fini par se stabiliser, paisible, et la main de Raphaël s'était délicatement déplacée pour l'enserrer. Un frémissement avait pris naissance dans la pulpe de mes doigts pour descendre dans ma paume, traverser mon poignet, s'étendre avec effervescence dans mon bras pour jaillir en bouillonnant dans mon ventre. Je n'avais pas bougé, j'espérais que Raphaël n'avait rien remarqué. J'espérais que Raphaël avait remarqué. J'espérais que le frémissement avait également surgi dans son cœur, son ventre, ses jambes et qu'il le laissait aussi pantelant que je l'étais. Mais je continuais à regarder droit devant la pièce se dérouler alors que ma vie se jouait sur l'accoudoir de ma chaise.

AMARRÉE

Raphaël habitait un appartement au troisième étage d'un vieil immeuble sans ascenseur. J'aimais gravir les marches de pierre incurvées, creusées par tant de pas, avec impatience. J'arrivais essoufflée. J'aimais savoir qu'il m'attendait, allongé sur son lit qui servait aussi de canapé, occupé à lire un roman dont il tiendrait à me décrire le contenu de A à Z. J'aimais me sentir ailleurs, et pourtant si bien, si à l'aise. Très vite, il m'avait donné un double des clés de son appartement. Je prenais alors plaisir à arriver chez lui de bonne heure, quand il était encore au travail, pour l'attendre, moi, allongée sur son lit, occupée à feuilleter les livres de ses étagères.

Chez lui est devenu chez nous. Nous passions tout notre temps ensemble, nous prenions des habitudes. Je rentrais parfois, cependant, chez mes parents, pour souffler, pour mieux le retrouver, pour ne pas voir que nous ne pouvions plus nous passer l'un de l'autre, pour ne pas l'envahir, pour prolonger les prémices de notre histoire naissante, qu'elle éclose et ne se fane pas.

Raphaël lisait beaucoup. J'avais découvert chez lui des ouvrages improbables. De la poésie allemande, de la littérature russe, de la philosophie danoise, de la musique serbe et du cinéma asiatique. J'avais moi aussi amassé au fil des années, au gré des lectures proposées ou imposées, des phrases, des auteurs, des livres, des films, des chansons. Je n'avais pas osé tout de suite mettre en commun cela avec Raphaël, je m'étais contentée de m'abreuver à ses sources, enchantée de découvrir ce sur quoi il s'appuyait, de quoi il se nourrissait. Nous avions beaucoup ri un soir, devant le film d'un réalisateur taïwanais dont il m'avait rebattu les oreilles.

Je n'avais pas compris, rien compris, de l'histoire, et Raphaël, loin de se vexer, s'était esclaffé :

– Tu verrais ta tête : une poule qui a trouvé un couteau.

– Une poule qui a trouvé un couteau ? Non mais franchement, qui utilise cette expression ? m'étais-je exclamée, pour masquer ma gêne.

Raphaël avait souri.

– Je suis désolée, mais je… mais c'est quoi ce film ? Sérieusement ? Tu l'aimes, vraiment ? Je n'ai absolument rien compris.

– Il n'y a rien à comprendre, justement, c'est l'absurdité qui me plaît. Ce film résume tout, toute notre absurdité. Mais ne t'inquiète pas, je comprends que ça puisse ne pas te plaire.

Et il était parti à rire de plus belle, ce qui m'avait grandement soulagée. Nos différences nous unissaient, parce qu'elles se résumaient finalement à de joyeux désaccords.

Pour le premier anniversaire de Raphaël fêté ensemble, je lui avais offert un baladeur numérique au dos duquel j'avais fait graver une phrase. Raphaël ne l'avait pas immédiatement découverte, il était content, je n'avais rien dit. Nous avions eu ce jour-là un grand débat : Bashung ou Higelin ? Me rappeler cela aujourd'hui m'amuse, quand, après tant d'années, nous étions convenus tous les deux qu'on pouvait remplacer le « ou » par un « et ». Me souvenir que je m'étais endormie sans que Raphaël ait découvert les mots gravés. Et que le lendemain soir de son anniversaire, de retour de sa journée de travail, il avait sonné à la porte de son propre appartement, m'obligeant à lui ouvrir. *Je t'aime depuis plus longtemps encore*, avait-il inscrit en gros sur une feuille qu'il brandissait devant lui. Ce jour-là, ce jour-là comme une amulette qui traverse nos années.

Raphaël et moi avions emménagé ensemble. Nos bric-à-brac respectifs avaient vite trouvé leur place, se mêlant harmonieusement. Nous avions déballé nos cartons sans nous presser, quelques-uns chaque jour, heureux de caresser les vêtements, manipuler les bibelots, feuilleter les livres, empoigner les casseroles de l'autre. Toute une soirée, nous avions feuilleté nos albums photos. Enfin, mes albums photos, et les photos en vrac de Raphaël. Nous nous étions attendris devant les sourires de l'enfance, j'avais tenté d'escamoter quelques clichés de mon adolescence renfrognée, et j'avais observé attentivement les visages autour de Raphaël dans sa vingtaine, surtout les visages féminins, cherchant qui avait pu être amoureuse de lui. Et puis, nous étions tombés sur cette photo.

– Mais, et ça, c'est toi ? Mais c'était quand ? s'était écrié Raphaël.

– C'était... je sais pas. En fait, j'ai un peu honte.

Sur la photo en question, on me voyait de face devant un miroir. Je l'avais prise moi-même dans la salle de bains chez mes parents.

– Allez, vas-y, raconte.

– Bon. OK. Tu te rappelles cette fille du Hangar ?

Cette fille, c'était une fille dont le visage m'avait marquée à l'époque. Des cheveux courts décolorés. Mon âge à peu de chose près. Les quelques fois où j'avais été au Hangar, elle était seule, assise sur un tabouret de bar, ses pieds appuyés sur le barreau du bas et ses longues jambes écartées. Imperturbable. Elle était habillée de la même façon, chaque fois, un jean pas déchiré, un sweat noir à capuche. Pas d'anneaux, pas de maquillage. La pâleur de son visage accrochait le regard, on y revenait. La première fois, je l'avais dévisagée longtemps. Elle regardait autour d'elle, immobile. Son regard semblait revenu de tout. Jamais ses yeux n'avaient croisé les miens. Quand je l'avais revue, par la suite, j'avais pensé que j'aurais aimé lui parler. Mais je ne l'avais pas approchée. Je n'avais pas questionné Napo ou Caroline ou Yann à son sujet.

– Laquelle ?

– Celle assise dans un coin, toute seule. Les cheveux décolorés, courts, en pagaille.

– Non, je ne vois pas.

– Si. Si, tu ne peux pas ne pas voir qui c'est. Un visage très pâle, pas maquillée, elle était toujours habillée pareil, comme nous.

– Comment ça, comme nous ?

– Un jean, un sweat noir, des baskets. Enfin, rien d'extravagant, quoi. Tu vois ?

– Non, pas vraiment.

– Mais c'est impossible que tu ne l'aies pas remarquée. On ne voyait qu'elle. Elle était toujours là, à chaque concert. Je ne sais pas si elle vivait sur place en revanche.

– Non, Elsa, je vois pas.

– Bon, tant pis, alors. Mais sur la photo, c'était à elle que je voulais ressembler.

J'avais été très déçue que Raphaël ne s'en souvienne pas. Des années après, le visage de cette fille m'apparaissait encore nettement de temps à autre.

– Ça avait marché pour les cheveux, en tout cas. J'avais réussi à les décolorer complètement, comme elle.

– Oui, ça te va plutôt bien d'ailleurs, le blond platine, avait remarqué Raphaël.

– Une copine m'avait dit le lendemain que j'avais eu de la chance qu'ils ne virent pas orange.

À part les cheveux, je n'avais pas réussi à lui ressembler, à la fille du Hangar. Elle avait de l'assurance. Sa façon de se tenir, droite, au milieu des bruits, des gens, de l'agitation, m'avait fascinée. Moi qui étais distraite par le moindre mouvement contigu à mon corps, soumise aux regards, sans arrêt aux aguets, prête à répondre aux demandes, à devancer les souhaits des uns et des autres. La fille du Hangar n'attendait rien. La fille du Hangar ne bougeait pas. La fille du Hangar se suffisait à elle-même. Je ne l'ai jamais vue sourire.

– Et tu es restée longtemps comme ça, avec ces cheveux ?

– Ben, pour la coupe, on n'a pas pu faire grand-chose, vu que j'avais taillé des mèches toute seule devant la glace. Mon frère avait une tondeuse, alors on a rasé.

– Au fait, tu ne m'as jamais dit, y avait quoi, entre Napo et toi ?

Raphaël et moi étions installés sur notre petit balcon. Lui, assis sur une caisse à bouteilles retournée, j'avais pris le tabouret. Il y avait peu d'espace. Nous avions disposé nos verres au sol. J'aimais bien être sur ce balcon, regarder les toits en silence, quand il fait si chaud, l'été.

– Pourquoi tu me demandes ça ? Je ne sais pas si j'ai envie de te répondre.

Raphaël et moi en étions encore à nous séduire, inlassablement.

– Je t'ai bien répondu, moi, quand tu m'as demandé qui était chaque fille sur chaque photo.

Raphaël avait en effet joué le jeu. Il avait cité patiemment le prénom de chaque copine qu'il avait eue, quand il l'avait rencontrée, où ils partaient en vacances, combien de temps avait duré leur relation. Il y en avait une, particulièrement, dont j'avais été jalouse. Il avait parlé d'elle avec une tendresse que j'avais interprétée comme un regret, cela m'avait piquée à vif. Je rêvais d'elle sans l'avoir jamais vue, et me réveillais persuadée que Raphaël la retrouverait. Il avait tenté de me rassurer, au début, puis avait pris le parti de rire de ces cauchemars. C'était mon tour.

– OK. C'est vrai. Alors, entre Napo et moi…

Une offense et une fragilité, l'absence d'ironie dans son regard.

– Entre Napo et moi…

Ses tatouages, nos différences, ce monde qui s'ouvrait à moi.

– Attends, je réfléchis.

L'envie d'être quelqu'un d'autre, sa voix enrouée, ce chavirement.

– Allez, Elsa, vas-y, lance-toi ! Tu peux me le dire, maintenant.

– Te dire quoi ? On n'a pas couché ensemble, si c'est ce que tu crois. Napo et moi, c'était pas ça. Je n'y ai pas pensé une seule fois. Lui non plus, j'en suis sûre.

– Ça, il n'y a que lui qui le sait, avait trouvé malin de dire Raphaël. Alors, quoi ?

– Alors, alors… Ça serait plus simple, hein, si je te disais que j'étais raide dingue de lui…

– T'énerve pas, Elsa. T'es pas obligée de me dire, si tu ne veux pas.

J'avais étendu mes jambes, manquant de renverser mon verre. Je l'avais rattrapé de justesse. Quelques gouttes coulaient le long de mon mollet, jusqu'à ma cheville.

– C'est pas que je ne veux pas. C'est plutôt que je n'y arrive pas, à te l'expliquer. À me l'expliquer aussi, d'ailleurs. Napo, quand je l'ai vu, la première fois, au loin, sur ce bateau, son visage. Il y avait quelque chose dans ce visage, comme un appel. Un défi, aussi. Pourtant, son premier regard, ce premier regard sur moi, avait été, enfin, m'avait paru... dédaigneux, oui, c'est ça. Dédaigneux. Au mieux, indifférent. La situation était étrange. J'étais là, sur la mer, avec Yann que je connaissais si peu, et ces nouvelles personnes. Quand je dis « nouvelles », c'était indubitablement nouveau, pour moi, tout était nouveau, leurs visages, leur façon d'être, leurs façons de vivre. C'était ça aussi, Napo, pour moi, l'envie de l'Autre, si différent. Enfin, je ne sais pas, je dis n'importe quoi.

– Continue. C'est pas n'importe quoi, ça m'intéresse.

– C'était excitant, c'était vivifiant. Et je me sentais bien. Napo, Patrick, Mick, Béa, Yann, les autres. J'étais là et je me sentais bien. Je ne sais pas, ils ne me regardaient pas, ne me dévisageaient pas, ne me posaient pas de questions. C'était reposant, en fait. Nous étions juste là, ensemble, sur ce bateau, à ramer. On rigolait, on discutait pas tant que ça. C'était reposant de ne pas avoir à discuter, à prouver quoi que ce soit. Je n'avais pas à être intéressante. C'était ça aussi, Napo. Malgré son premier regard, que j'avais mal interprété, il n'avait pas cherché à me plaire, les autres non plus, d'ailleurs, Béa, Patrick, et Mick encore moins. J'étais là, c'est tout. Ça ne se passe pas comme ça, dans notre monde, tu ne trouves pas ? Enfin, ça ne m'était jamais arrivé à moi.

– OK, mais pourquoi Napo plus que les autres ?

– Et Napo, Napo, parmi tous, il me fascinait, moi. Ses absences, son rire inattendu, son corps tatoué, son pantalon qui tombe, son foulard sur la tête pour protéger son crâne rasé sur les côtés. Et sa douceur, ce premier soir, quand il avait pris dans ses mains les miennes pleines d'ampoules. C'est ce contraste aussi, qui me plaisait, sa douceur dans ce corps malmené. Sa douceur et sa franchise. Il m'a hurlé dessus, un jour, sur le bateau, tu sais.

– Ah bon ? Cela dit, ça ne m'étonne pas tant que ça, je l'ai déjà vu plusieurs fois s'énerver… Qu'est-ce qu'il avait ?

– De la peine, il avait de la peine. Mais ma présence sur ce bateau, quand j'y repense, c'était indécent. Offensant, même.

– Et après ? Après le bateau ?

– Après le bateau, tu sais. Pourquoi tu me demandes ?

– Je sais, oui, ce qui s'est passé, mais Napo, et toi, après le bateau, au Hangar, et après ?

– On s'est revus plusieurs fois au Hangar, mais ça tu le sais aussi. Et puis, plus rien. Enfin, plutôt autre chose. Mais de Napo, j'ai toujours gardé en tête le refus de la mascarade, et cette absence de certitudes. Ça m'aide, il me semble. Et puis, toi. Il y a eu toi, qui est réapparu. Bon, c'est sûr, niveau tatouages, c'est pas tout à fait ça.

Raphaël avait ri.

– Tu veux que j'aille me faire tatouer un cœur avec ton prénom ?

Cela faisait quelques années que Raphaël et moi vivions ensemble. Des années à se déchiffrer, toujours un peu plus, apprendre l'un de l'autre, la façon de ranger, ou ne pas ranger, les chaussettes, les oublis et les manques, les recettes les soirs de frigo vide, les discussions qui tournent en rond. Des années à mesurer la fragilité de notre équilibre, ponctué d'engueulades dont une qui aurait pu être la dernière mais toujours un quelque chose nous ramenait l'un à l'autre, un quelque chose dont on ne saurait dire ce que c'est. Des années à partager des fous rires, notre sommeil, des moments d'intimité parfois gênants, à révéler nos craintes, à déceler les failles, à ne plus savoir comment vivre sans l'autre. Des années durant lesquelles Raphaël et moi avions découvert nos entourages, fondé de nouvelles amitiés, instauré nos propres règles, mêlé nos deux individualités. Raphaël m'avait alors raconté. Nous avions souvent parlé de Yann, de leur amitié, de leur scolarité, de leurs premières sorties d'adolescents. Raphaël m'avait décrit comment Yann savait être intrépide et menait leur petite bande de copains, comment il savait toujours quoi faire, et de quelle manière, et avec qui, pour s'amuser. Ça ne manquait pas de me surprendre mais je me taisais. Un soir que Raphaël insistait sur leurs quatre cents coups et à quel point Yann pouvait être drôle, j'avais fini par manifester mon étonnement.

– Je ne l'imaginais pas comme ça, enfant, comme tu le décris. Intrépide ? Amusant ? avais-je objecté. Débrouillard, oui, je l'ai connu comme ça, débrouillard, et seul.

– C'est parce que tu l'as connu après.

– Après quoi ?

– Après un truc qui lui est arrivé, je…

– Raphaël, quand même, ça fait des années qu'on vit ensemble et tu ne m'as jamais parlé d'un « truc » qui est arrivé à Yann ? C'est quoi, ce « truc » ?

– Non, parce que je ne suis pas sûr que Yann aurait apprécié. Mais bon, Yann, tu ne le vois plus trop, de toute façon. Alors, oui, peut-être que je peux te livrer ça, maintenant.

Yann, l'intrépide, le chef de bande, celui qui dénichait toujours les bons plans et savait où faire la fête, leur avait proposé un soir de se retrouver dans une grande maison, celle d'une fille qu'il connaissait, ils étaient tous invités.

– On approchait tous de la vingtaine, on n'était plus des gamins, on avait l'habitude des soirées à picoler. Yann et moi faisions partie de ceux qui buvaient le moins, ça nous rendait trop malades, on tenait pas bien.

La fête était pas mal, la musique était bonne, il y avait de quoi manger, ils avaient dansé, beaucoup ri, dragué, discuté.

– Yann flirtait avec une nana qui était au lycée avec nous, et que nous avions perdu de vue depuis le baccalauréat. Il avait été content, enfin même ravi, de la retrouver à cette fête.

Yann avait disparu depuis un moment déjà quand Raphaël avait décidé de le chercher pour lui dire qu'il rentrait. Il s'était faufilé entre les corps dansant dans le salon, avait parcouru quelques pièces, la cuisine, les toilettes du bas, le cellier, mais n'avait pas osé se rendre à l'étage de la maison. Il avait prévenu leurs autres potes de passer le message à Yann : il partait. Et il était parti.

– Yann n'a refait surface que deux jours plus tard. Je m'inquiétais, ses parents, aussi, les autres copains, mais on se disait qu'il avait dû prolonger le moment avec cette fille. Il avait été tellement amoureux d'elle au lycée, on comprenait qu'il ait du mal à la quitter.

Yann était en effet réapparu le surlendemain matin le visage blafard, les yeux cernés, « une tristesse immense drapée sur ses épaules », avait dit sa mère à Raphaël, plus tard. Il avait appelé Raphaël, lui avait demandé de passer, quand il pourrait. Raphaël était venu aussitôt.

– Il ne m'a jamais raconté de bout en bout, juste que cette fille, cette fille après laquelle il soupirait depuis des années, Magali – elle s'appelait Magali –, Magali et lui avaient passé un bon moment, normal, tu sais, au début, des regards, des mains qui s'effleurent, des épaules qui se rencontrent. Yann et Magali avaient commencé à s'embrasser, longtemps. Puis Magali lui avait proposé d'aller ailleurs, elle étouffait là, elle avait besoin de sortir. Ils étaient partis en direction d'un parc de la ville, s'étaient assis sur un banc. Il avait voulu embrasser de nouveau Magali, mais elle s'était mise à parler.

Magali avait tout déballé à Yann, comme ça, sur le banc, dans ce parc, comment depuis toute petite elle subissait des agressions, des agressions sexuelles, combien elle aurait voulu pouvoir l'embrasser et combien elle ne pouvait pas. Combien elle aurait aimé être comme les autres, que, oui, il lui plaisait, mais, non, elle ne pouvait pas.

– Magali ne pleurait pas. « Elle ne pleurait même pas », m'avait-il dit ce matin-là.

Yann avait emmené Magali dans un hôtel, il avait fait ça. Il aurait voulu la cacher, la protéger. Magali avait continué à parler, à lâcher. Yann ne s'était même pas demandé : *Pourquoi moi ?* Il avait écouté, une nuit, un jour, une nuit. Ils avaient dormi, un peu. Magali à côté de lui dans le lit, Magali endormie. Yann avait réfléchi, il l'aiderait, il l'accompagnerait, la soutiendrait. Il affronterait avec elle. Au deuxième matin, Magali avait annoncé qu'elle devait rentrer. Elle habitait un petit studio, seule. Yann l'avait raccompagnée, et sur le chemin, lui avait exposé ce à quoi il avait réfléchi. Magali s'était tue, l'avait remercié, rien de plus. Yann s'était engagé à la retrouver le soir, il repasserait chez elle, elle avait acquiescé.

– Et c'est là qu'il était rentré, et m'avait appelé pour me raconter. Il était changé. Je l'avais trouvé fatigué mais déterminé. Je n'avais pas su trop quoi lui dire.

Quand Yann était retourné le soir même chez Magali, il avait frappé, doucement. Personne n'avait répondu, Magali n'était jamais venue lui ouvrir la porte.

– Magali s'était suicidée, murmura Raphaël.

Et Yann s'était cloîtré chez lui plusieurs semaines. Quand il était ressorti, c'était pour s'installer à la fonderie. Il n'était plus le chef de bande. Il s'était tu, écoutait mais ne proposait plus rien.

– Jusqu'à ce qu'il te rencontre, avait énoncé Raphaël pensivement.

À y repenser, j'avais admiré Yann de ne pas brandir son passé comme une excuse à tout. Il ne s'était jamais justifié – de quoi d'ailleurs ? Il ne s'était jamais épanché sur cet épisode. Cela aurait-il changé quelque chose ? Son comportement, sa vie, son engagement étaient sans doute guidés par le fantôme de Magali. Yann avait tout rejeté de cette société qui ne savait pas protéger ses enfants.

J'avais eu du mal à dormir après cette soirée. Je m'étais tournée, retournée, levée, rallongée. J'avais battu des jambes dans le lit, comme à mon habitude quand le sommeil me fuit. Des mouvements en ciseaux, comptés un par un, jusqu'à cent, deux fois chaque jambe, attendant que mes épaules s'affaissent et ma respiration s'apaise. Ça marchait, souvent. Cette nuit-là, rien à faire. J'avais pourtant versé beaucoup de larmes. Raphaël avait tenté maladroitement de me réconforter, je m'étais demandé de quoi. Nous

nous étions couchés, mes pleurs s'étaient taris et j'avais lu quelques pages d'un roman qui me transportait depuis plusieurs jours et dans lequel ce soir-là je n'avais pas réussi à m'évader. Dès la lumière éteinte, après m'avoir demandé si ça allait mieux, qu'il ne fallait pas trop que je rumine cette histoire, Raphaël s'était endormi, et n'avait pas tardé à ronfler. Je m'étais encore une fois demandé pourquoi lui parvenait si vite à fermer l'œil tandis que mes nuits s'apparentaient le plus souvent à une lutte acharnée contre mes pensées.

– J'aurais préféré ne pas savoir, avais-je marmonné.

Grognement du côté de Raphaël qui s'était retourné vers le mur. Yann n'avait peut-être rien décidé du tout en fait, rien. Et si cela n'avait été qu'une fuite face à l'horreur ? une incapacité à surmonter une suite d'événements qui l'avaient porté de la joie à l'effondrement ? Je ne savais pas, je ne sais pas, l'aurait-il su lui-même ? Et quand bien même je l'aurais su, est-ce que cela aurait changé mon comportement vis-à-vis de lui ? Me serais-je attachée ? Aurais-je voulu le sauver, le ranimer ? Yann ne voulait pas de cela.

Je saisissais enfin cette nuit-là son silence face à moi, son attente respectueuse, sa distance prévenante. Je m'en étais voulu plus que jamais de mon rejet lors de sa venue à moi, de n'avoir pas su l'accueillir, pas su le comprendre. J'avais ressenti vivement la douleur que je lui avais infligée des années plus tôt. Lui, qui avait tenté de renouer avec un sentiment amoureux, de braver le passé en faisant fi de ses blessures.

– Quelle peste, avais-je fulminé en serrant la couette, mais quelle connasse.

Je m'étais levée, atterrée et honteuse. J'avais déambulé dans le salon, tournant en rond, caressant ici et là les feuilles des plantes. J'avais échoué, debout, devant les fenêtres noires. Quelques lumières luisaient dans les appartements d'en face. Il était tard, pourtant. L'écran d'une télé projetait des éclats intermittents. Je m'étais demandé si la personne regardait bel et bien une émission à cette heure tardive de la nuit, ou si elle s'était endormie devant. *Je préfère ne pas dormir plutôt que d'avoir besoin de la télé pour m'assoupir*, avais-je pensé.

Je m'étais retournée vers l'intérieur de l'appartement et j'étais restée plantée là un moment. À regarder autour de moi, à passer au crible ces murs, ces cadres, ces plantes, le verre posé sur la table, les deux étagères pleines de livres, de CD, de bougies à piles, de pots à crayons remplis de tout sauf de crayons, de monnaie sortie des poches, les lustres hérités de ma grand-mère, les papiers qui s'entassent sur le bureau, le plaid douillet étalé sur le canapé, ces deux fauteuils qui prennent toute la place, l'affiche du film *Walk the Line* – que Raphaël et moi avions adoré – placardée en grand sur un mur. Cette nuit-là, je m'étais extraite de mon univers pour mieux me le réapproprier. Le temps s'était arrêté et debout, imperturbable, telle une vigie, je m'étais évertuée à recenser tout ce qui me rattachait à moi-même, à ma vie d'aujourd'hui. Yann. Je lui devais tant. L'envie de le remercier de ne pas m'avoir empêtrée dans une histoire dont, à l'époque, je n'aurais pas su me défaire, m'avait traversée. Je m'étais retournée à nouveau vers les fenêtres noires, les lumières s'étaient éteintes. Seuls les jaillissements stroboscopiques de la télé d'en face continuaient à strier la nuit.

Parfois, le bruit, les cris, la compagnie même des autres me deviennent intolérables. Cela survient presque à mon insu, je ne sais pas très bien comment, ni pourquoi. Ou si, je le sais. Parce que je me pousse jusqu'à ma limite, tout en sachant qu'arrivera ce moment où je ne supporterai plus rien, ni personne. Je me pousse, chaque jour, je m'attribue des tâches, je me confie des missions, je planifie les rendez-vous, j'organise des fêtes, j'appelle les amis et les vieilles tantes, je mets des Post-it, j'inscris des rappels automatiques pour souhaiter l'anniversaire des cousins, cousines, neveux, nièces, je souris aux SDF dans la rue, aux mémés qui promènent le chien, j'indique le chemin aux gens perdus, j'aide à se relever les gamins tombés devant moi au parc, je monte un ventilateur à ma voisine âgée quand la chaleur nous crève en été, je règle des problèmes qui ne sont pas les miens. Personne ne me demande rien.

Alors la vague monte. La vague d'agacement, la vague de

lassitude, le trop-plein. Et je me déteste, je me déteste de ne pouvoir les supporter, tous ces autres. Est-ce que c'est plus facile quand on ne sourit pas ? Et je pense à Yann, à Napo, à la mer, aux cliquetis des mâts dans les ports, aux étés évanouis, à ce qui aurait pu être et n'avait pas été. Je pense à cette nuit où mes larmes avaient jailli, abondantes, une nuit avant Raphaël, une nuit après Yann et Napo. Ça avait été comme ces carapaces de crabes jonchant la plage à la fin de l'été. Des centaines de carapaces. Des centaines de souvenirs que j'avais évacués dans des centaines de larmes. J'avais renoncé cette nuit-là en définitive à une vie en marge, j'avais renoncé à Yann, à Napo. J'avais accepté, tacitement, tous ces rendez-vous, toutes ces attentions, ces contraintes du quotidien que je vis aujourd'hui, que je fuis malgré tout de temps à autre. J'étais restée sur la terre ferme.

Je suis allongée sur mon lit. Des miettes sur le drap me gênent. J'ai plaqué mes jambes en l'air contre le mur et j'observe le plafond. Les traces noires dans l'angle. Ce ne sont pas des petites bêtes, j'ai vérifié. Je n'ai pas nettoyé. Mes pieds sont énormes. Prêts à sortir de leur enveloppe. J'ai jeté mes bas de contention au pied du lit, je ne les supporte plus non plus. Les pales du ventilateur tournent à plein et brassent l'air chaud. Je me demande quand même d'où viennent ces taches noires. Il faudra qu'on regarde cela de près. J'envoie un texto à Raphaël :

Faudra quand même qu'on nettoie ces taches noires, au plafond. Après, on n'aura plus le temps.

Mon portable vibre en réponse :

OK.

Les réponses de Raphaël sont souvent très laconiques. J'ai appris à ne plus m'en formaliser. J'allume la radio.

« Vent du sud-ouest de 10 à 15 nœuds augmentant du sud-ouest 15 à 20 cet après-midi puis diminuant du sud-ouest 10 à 15 en fin de nuit. Vent augmentant du sud-ouest 15 à 20 vendredi après-midi puis diminuant du sud-ouest 10 à 15 vendredi soir. Averses et nappes de brouillard cessant vers midi avec risque d'orages. Averses cette nuit et vendredi matin avec risque d'orages. Nappes de brouillard se formant ce soir. »

J'ai retrouvé hier entre deux pages d'un roman une photo de Napo. Il m'arrive de temps à autre de rester à contempler nos étagères, le soir avant le coucher, lorsque l'envie de lire autre chose me prend. L'envie d'un livre qui aurait passé l'épreuve du temps, qui serait resté à sa place sur les rayonnages parce que, à chaque tri, je me serais dit *un jour, peut-être*. Justement, hier avait surgi ce besoin et je m'étais attardée à ressortir des étagères des romans récupérés ici ou là, des romans mis de côté pour une prochaine fois, des romans dont je savais que, un jour, cela serait leur tour. Pourquoi l'avais-je choisi, précisément celui-ci, pour y mettre cette photo, et quand ? Le titre, le résumé ne me donnaient pas d'indications particulières sur un lien possible avec Napo. J'avais certainement placé cette photo au hasard, comme je le fais souvent d'un billet de train conservé et qui traîne, d'une carte postale reçue un été, d'une liste de courses déjà effectuées. Je les insère dans un livre pris au petit bonheur. Parfois, je jette, malgré tout. Les listes de courses, surtout.

L'image de Napo m'a saisie. Elle ne correspond pas à mon souvenir de lui. Son visage est rond et reposé. La malice dans son regard prend toute la place. Je recompte les boucles à son oreille. Huit. Je regarde son nez fin, son air décidé. Je ne me rappelais pas qu'autant de tatouages le recouvraient. Sa cigarette est là. Est-ce moi qui avais pris cette photo ? Avais-je demandé à Napo de poser ? Avait-il râlé ? Je suis contente de la retrouver. Je suis contente que son visage sur ce cliché fasse mentir mes souvenirs de lui, voûté, fatigué, les cheveux grisonnants et les tatouages affaissés.

« Secteur est 3 à 5, virant progressivement ouest à sud-ouest par l'ouest, fraîchissant 4 à 5 l'après-midi, temporairement 5 à 6 en soirée et nuit suivante. »

Je sens presque la brise sur mes joues. Je pense à la main de Napo sur la rame. Cette grosse main meurtrie qui a tenu ferme des aiguilles, des canettes, des outils, des cordes, des crayons, des bidons, des filtres, des laisses, des ciseaux, des bombes de peinture, des tasses, des cuillères. Et la mienne qui aujourd'hui arpente avec prudence la peau distendue de mon ventre, s'émerveille du renflement d'abord délicat qui prend dorénavant une place démesurée ; mon corps bouleversé déborde, mon corps entre moi et les autres, mon corps qui abrite quelqu'un.

J'ai proposé à Raphaël qu'on l'appelle Napo. Il a trouvé ça bête. Mais il ne sait pas, je crois. Il ne sait pas tout ce que j'ai retiré de ces quelques semaines. Je ne m'expliquais toujours pas ce que j'avais ressenti pour Napo. De l'amour, très certainement. J'en suis convaincue. Mais Yann, puis Raphaël n'ont jamais été en concurrence avec lui, ou Caroline avec moi. Il ne s'agissait pas de cela. J'avais été séduite parce que chahutée par tout son être. Ses choix, que je trouvais courageux et honnêtes, comme ceux de Yann, m'avaient déroutée. J'y avais vu une alternative audacieuse à ce monde d'adultes qui ne m'inspirait pas. Napo m'apparaissait héroïque, brave, impétueux, téméraire. Il incarnait une autre façon d'évoluer dans le monde, et je me demandais comment et où on trouvait l'audace de vivre comme lui.

Donner son prénom à mon bébé, ça aurait été lui insuffler cette force, lui proposer, dès la naissance, d'autres choix. Ça m'aurait permis de lui parler de Napo aussi, quand plus tard il m'interrogerait sur le choix de son prénom. Mais c'est idiot. J'ai toujours trouvé cela idiot d'affubler un bébé du prénom hérité d'un autre, ça encombre, ça pèse. J'avais refusé net l'idée du prénom de l'arrière-grand-père. Ça aurait été con pareil, Napo.

J'ai eu des nouvelles de Napo de loin en loin. À l'occasion de vacances dans la famille. Ma grand-mère est morte, mais nous allons régulièrement passer quelques jours chez les parents de Raphaël. Raphaël retrouve parfois Yann. Moi, non. C'est comme ça que nous avions su, pour le Hangar. Yann avait raconté à Raphaël qu'il y avait eu des désaccords, entre la Ville et ceux et celles du Hangar, entre le Hangar et les riverains, entre les habitants et les habitantes du Hangar même. Peu de temps après les débuts des concerts, il y avait eu des comptes à rendre. Le bruit, les punks dans les rues, l'alcool, la drogue, la sécurité. Les pouvoirs publics n'avaient pas voulu continuer à prendre de risques, arguant que les concerts attiraient trop de monde – et ne rapportaient pas d'argent à la Ville en plus, « mais ça, ils ne l'ont pas dit », avait raillé Yann – et qu'il était nécessaire de sécuriser le lieu, comme tout bâtiment accueillant du public. Sinon, on allait droit dans le mur. Il y avait eu pas mal de levées de boucliers au sein du Hangar, pas question de lâcher, on continuait les concerts, l'accueil de toutes et tous, le prix libre, on continuait comme ça, il n'y avait rien à changer. Mais certains avaient proposé l'idée d'un accord, avançant que rien ne continuerait si on ne se montrait pas un peu conciliant. Ça avait créé des clans, des « d'accord », des « pas d'accord », les discussions et les assemblées se multipliaient.

Finalement, les quelques-uns qui refusaient en bloc l'idée d'un squat légalisé étaient partis, restaient celles et ceux qui croyaient que maintenir le rêve collectif valait bien quelques concessions. Un service de sécurité interne avait été créé, des formations de premiers secours suivies, une alarme incendie installée. Ça n'avait pas suffi. Il fallait plus de sécurité, un vigile, des barrières, une billetterie, des contrats ou des conventions avec les groupes accueillis, des attestations d'assurances, une autorisation de débit de boissons, une heure de début et de fin, une estimation du nombre de personnes, une licence de spectacle, des issues de secours… même les plus conciliants avaient gueulé. Tout ça, ça n'était pas compatible avec ce qu'ils avaient voulu, avec ce qu'ils voulaient. Alors, il avait été décidé de continuer envers et contre tout, avec le système de sécurité maison, et les formations aux premiers secours, l'alarme incendie. Des issues de secours, aussi, qui avaient été percées. Mais les barrières, le vigile, la paperasse, le flicage, ça avait été niet. Les riverains avaient râlé plus fort encore, la Ville avait tenté de nouvelles approches. Et puis la fin du

Hangar avait été annoncée. Devant tant d'obstination, le maire, le préfet, le président de région étaient au regret de prononcer la fermeture définitive du Hangar et l'expulsion de toutes les personnes y habitant.

Raphaël continuait à s'astreindre, chaque été, à appeler Yann, lui proposer un café. Il y avait eu des rendez-vous dont Raphaël revenait enthousiaste. Ils s'étaient rappelé les bons moments, avaient peu parlé du présent. Je ne sais pas s'ils parlaient de moi, si Yann lui demandait de mes nouvelles. Quand j'avais décidé de ne plus accompagner Raphaël à ces rendez-vous annuels, il avait inventé des excuses à servir à Yann. Les petits, une cousine lointaine qui était justement là pour un ou deux jours, un mal de tête… les excuses s'étaient vite épuisées et Yann ne demandait rien de toute façon. Mais Raphaël assumait mal ma désertion. Il m'en voulait, de m'autoriser à ne plus voir Yann, quand lui ne savait plus bien pourquoi il maintenait leur relation. C'était toujours Raphaël qui appelait, jamais Yann. Comme s'il était convenu que, dans tous les cas, lui serait là, et nous attendait. Raphaël s'en voulait surtout à lui-même, de s'accrocher à une amitié qui n'existait plus.

Raphaël est de ceux qui croient que les amis, c'est pour la vie. Que le passé suffit à faire durer. Mais quand on ne crée pas de nouveaux souvenirs, on s'essouffle, on s'épuise et on se regarde dans le blanc des yeux pour ne pas voir tout ce qui a changé dans nos regards. J'avais été lâche pour Yann, de ne pas lui dire, un jour, que je ne viendrais plus. J'avais essayé mais Raphaël m'en avait dissuadée, préférant les excuses bidon. Je n'avais pas insisté. Raphaël revenait chaque fois un peu plus maussade de ces moments-là, qui étaient aussi de plus en plus brefs. Il espérait que, un jour, ça soit Yann qui mette fin à tout cela. Mais Yann ne le ferait pas. Yann continuerait à venir, imperturbable, constant, indifférent.

Au retour d'une de leurs rencontres, Raphaël m'avait relaté leur conversation qui avait tourné autour de Béa. Yann l'avait croisée quelques jours auparavant lors d'un festival. Béa lui avait donné des nouvelles des autres, avec qui elle était restée en contact. Des nouvelles de Napo, qui avait quitté la ville, et vivait dans un appartement tout neuf. Il allait bien. Raphaël avait demandé l'adresse de Napo à Yann, fier de me la rapporter. Napo habitait une petite ville du centre du département, desservie par une gare routière. J'y étais allée seule, refusant que Raphaël m'accompagne. Devant sa mine déconfite, je m'étais sentie obligée de me justifier mais je ne savais pas vraiment quelles raisons donner. J'avais besoin de voir Napo seule, cela aurait dû lui suffire. Après une dispute, j'avais finalement sauté dans un car. Le trajet m'avait permis de ruminer à mon aise, regrettant d'avoir à expliquer ce qui me semblait si évident. Regrettant aussi de ne pas savoir formuler ce quelque chose de si évident.

Napo semblait calme. Presque serein. J'ai le souvenir qu'il éclusait moins de bières. Poison et lui étaient bien installés dans leur appartement. Napo n'en avait jamais eu, un pour lui tout seul. Les murs blancs stoppant tout horizon, le tout propret. Il m'était apparu déplacé dans cet environnement, et je m'en étais voulu de cette pensée. Il ne collait plus à ma mythologie du punk. Mais les punks vieillissent aussi. Et *a posteriori*, le courage de Napo m'éblouit encore. Le courage d'avoir renoncé à la vie qu'il avait initialement choisie, le courage de rentrer dans le rang. Le courage de réapprendre des codes envoyés au diable des années auparavant. Faire une croix sur tout ce à quoi il avait cru, accepter avec humilité sans se sentir humilié.

Je veux conserver ce souvenir de lui dans l'appartement, ce soir-là. Apaisé, riant du voisinage qui le regardait passer comme une nouvelle attraction. Les mémés l'adoraient déjà. Son chien avait fait le boulot : ce molosse pataud qui léchait la main du premier venu. Il avait refusé plusieurs logements parce qu'ils n'acceptaient pas les animaux. Renoncer à quelques idéaux, oui, mais à son chien, non. Napo et son chien dormaient ensemble, dans un petit lit. Napo m'avait raconté comment Poison ronflait et prenait toute la place, et souvent, il se retrouvait sur le canapé en fin de nuit, histoire de dormir un peu, lui qui ne dormait que d'un sommeil haché.

Il avait comparé l'appartement, ce soir-là, à celui de son enfance. Le même type, avait-il dit. J'ai cru au début qu'il parlait du propriétaire. « Le même genre, quoi », avait-il ajouté. Des murs blancs qui deviendront jaunes dans la cuisine, des murs lisses qui deviendront poisseux de tant de mains posées dessus tant de fois, des murs immaculés parsemés peu à peu de trous, là où une carte postale, un poster, un cadre parfois viennent combler le vide.

– Mais moi, je ne vais pas trop le salir, cet appart.

Napo avait ajouté qu'il ne mangeait que des plats en barquette réchauffés au micro-ondes, quand il mangeait, et il ne recevait pas de cartes postales.

– Seules quelques gouttes de pisse jailliront dans les toilettes et éclabousseront les alentours de mon trône, avait-il lancé, ironique.

Caroline avait largué les amarres. Ils n'étaient pas fâchés. Elle était partie avant la fin du Hangar. Elle n'avait pas été là pour assister à la mascarade des fusils pointés sur son nez à son réveil. Napo avait été prévenu, comme les autres, que le site allait être évacué. Ça fonctionnait, pourtant. À peu près.

– On avait presque réussi à faire comme les Allemands, avait déclaré Napo, avec fierté.

Je ne connaissais pas les *Wagenburgen*. Napo m'avait expliqué. Il y avait été plusieurs fois, pour des concerts, des festivals. Soit pour accompagner un groupe qui tournait, pour lequel il gérait la logistique, « soit pour des vacances ». Je n'avais jamais pensé à ça, que Napo, lui aussi, avait besoin de vacances. Changer d'air, de têtes, changer de langue pour mieux se dépayser. Cela lui permettait d'exercer son anglais, vu qu'il ne parlait pas allemand. Mais parler n'était pas nécessaire, aux *Wagenburgen*.

– Ils t'auraient peut-être pas acceptée, tu sais, m'avait-il dit ce soir-là. Tu n'aurais pas pu rester, avec moi peut-être, et encore.

Cela m'avait interpellée, son ton, un peu triste, un peu amer, ses yeux posés sur moi, remplis à ras bord de confusion. Il avait essuyé une cendre sur son jean, mais je n'avais pas vu de cendre tomber de sa cigarette. Sa cigarette était éteinte, d'ailleurs, à ce moment-là. Je m'étais tue.

– Tu sais, nous aussi, on était durs, en fait. Enfin, j'ai jamais dit qu'on était des tendres, et on voulait pas vraiment l'être. Mais on voulait pas de ce qu'il y a dans votre monde.

Je n'avais pas relevé le « votre », pas cette fois-là. Ça aurait pu me vexer. « Mon » monde, « notre » monde. Depuis Napo, depuis la traversée, j'y avais réfléchi, j'avais pris le temps d'y réfléchir, pour le choisir, ce monde. Malgré ses infamies quotidiennes et ses horreurs récurrentes, son système économique défaillant, malgré ses gâchis journaliers, avec ses manquements, graves parfois – souvent –, ce monde débordant d'hypocrisie, d'égocentrisme, d'énergie perdue, de jalousie, tout cela enrobé de bien-pensance, ce monde surpeuplé d'individualités déconcertantes. J'avais pris le parti de continuer à y ajouter mes failles, y traîner mes ambiguïtés, mes colères tout aussi impuissantes que mes enthousiasmes. Je n'essayais pas de le changer, je tentais juste de ne pas aggraver les dégâts, de ne pas collaborer totalement à la dégradation.

– Finalement, nous aussi, on s'est plantés. On a échoué, nous aussi, Elsa. Et ça, ça fait mal.

J'avais continué à me taire.

Napo n'avait pas crié, face aux fusils, il n'avait pas essayé de sauver toutes ses affaires, il n'avait pas pleuré, il n'avait pas cherché de solution de repli. Il avait attendu. D'autres, oui, avaient pleuré, injurié, argumenté. Napo s'était levé, avait ramassé sa vie, et était parti pour ne pas subir la sauvagerie des pouvoirs publics. Il s'était retourné au coin de la rue pour jeter un regard en arrière. Il avait abdiqué à ce moment-là, il n'avait plus la force de se battre. Il avait passé l'âge qu'on parle de lui comme d'un jeune en errance. Il n'était plus jeune, il n'était pas en errance. S'il l'avait été, c'était avant, avant de tracer la route, avant de trouver le Hangar, avant de vivre en groupe. Il avait trouvé là plus qu'une famille, il avait construit un univers dans lequel il pouvait évoluer sans trop d'entraves. Dans lequel on ne le regardait pas comme un animal de foire. Sa juste place. Mais il savait aussi qu'il n'aurait pas l'énergie de reconstruire ailleurs, avec d'autres, ce qui aurait pu se construire là. Il avait préféré partir.

– Ils ont tout piétiné, Elsa. Nos affaires. Ils les ont détruites. Ce que nous avions construit. J'étais bien, là-bas. Mais je suis parti avant que ça me détruise, moi.

Napo avait le regard au loin en prononçant ces mots, comme pour mettre à distance tout cela.

– Longtemps après, une fois installé ici, c'est là que je me suis dit qu'on avait échoué, nous aussi. Et que ça aurait peut-être mal tourné, finalement, tout ça. Pas les concerts, pas la musique. Mais les relations, entre nous. Peut-être que ça nous aurait tourné la tête, peut-être que, déjà, ça nous l'avait retournée, un peu. Je me suis rappelé cette fille, qui était arrivée un jour, comme ça. Elle ne disait pas grand-chose. Elle avait entendu parler de nous dans un squat dans le Sud. On s'était découvert des relations communes. Bref, du coup, elle est restée un peu. Et je la voyais, tourner autour de nous, les yeux affamés de reconnaissance. Je la voyais multiplier les tentatives, pour nous approcher, pour s'intégrer. Ça me faisait sourire, je trouvais ça un peu dégradant. Pour elle. Et maintenant que j'y réfléchis, pour moi. Quand est-ce que je m'étais mis à me sentir quelqu'un pour sourire de cette gamine qui ramassait toutes les miettes qu'on lui jetait même pas ? Y avait un mécanisme, qui s'était mis en place, quand même. Les anciens, les importants, on le disait pas, mais ça existait. Même chez nous.

Napo n'avait pas dit, finalement, que le fait que les flics déboulent, ça avait permis d'ériger le Hangar en mythe. On n'est jamais déçu quand on ne connaît pas la fin. Il ne l'avait pas dit, mais je l'avais pensé. Ça l'aurait anéanti plus efficacement que les tractopelles si ceux et celles du Hangars avaient échoué à prouver que vivre autrement, c'était possible.

Seule une affiche que j'avais reconnue ornait un mur de son appartement. Ses yeux s'étaient braqués sur elle.

– J'ai embarqué ça, quand même.

J'étais restée un moment à la contempler. Le fond était orange, un orange vif qui pique les yeux. Des têtes de mort à chaque coin, et des textes ici ou là. Les affiches de concerts du Hangar comportaient toujours plus qu'une information de date et de nom de groupe. C'était aussi le support d'un message. Le nom du groupe était inscrit au marqueur noir, d'une écriture ferme, imposante, comme un cri sur le papier. *Basta Soap*. Il ne me disait rien, mais je n'avais pas assisté à tant de concerts que cela. Et je n'étais pas restée familière du punk.

– On a été l'année dernière à un festival de musique électronique avec Raphaël. Je ne connaissais aucune des têtes d'affiche. Mais on s'était dit que c'était peut-être pas mal d'aller faire un tour. Le seul groupe devant lequel je me suis arrêtée un moment pour écouter, c'était celui de bonshommes chevelus, barbus, aux vestes cintrées et clinquantes. La musique, c'était celle des concerts au Hangar. J'ai oublié le nom du groupe. Raphaël m'avait vite laissée pour une autre scène. Il s'était moqué de moi : « On vient dans un festival de musique électronique, et toi, le seul groupe devant lequel tu t'arrêtes, c'est un groupe de vieux punks. »

L'anecdote avait paru plaire à Napo.

Il continuait à écouter des groupes, toujours les mêmes. Il était moins au courant maintenant qu'il ne côtoyait plus trop le milieu. Et puis, il écoutait aussi des nouveaux artistes. Un jour qu'il avait mis la musique à fond, sa vieille voisine était venue se plaindre du bruit. Il l'aimait bien, sa vieille voisine. Il s'était excusé et l'avait invitée à entrer pour boire un café. À la grande surprise de Napo, ils s'étaient mis à parler musique, et « ma vieille voisine, elle m'a fait découvrir plein de chansons. Des chefs-d'œuvre à côté desquels j'étais complètement passé, tu te rends compte, Elsa ? ». Il avait souri et m'avait longuement parlé de Brassens, Barbara, Ferrat, Reggiani, Mouloudji, Anne Sylvestre. Je m'étais fait la réflexion que j'aurais pu bien m'entendre avec la vieille voisine. Napo, si discret, m'avait déclamé quelques mots du « Déserteur » de Boris Vian. J'avais murmuré, les yeux baissés :

– « Il a deux trous rouges au côté droit ».

Napo m'avait regardée avec étonnement.

– C'est drôle que tu cites justement cette chanson. Je l'ai entendue souvent, petite. Elle m'a toujours émue, avant même que j'en comprenne le sens. Les deux trous rouges au côté droit, c'est la version de Reggiani, il récite un poème de Rimbaud avant de commencer à chanter, « Le Dormeur du val », avais-je indiqué.

J'étais restée encore un long moment avec Napo, nous avions parlé, un peu, nous étions tus, beaucoup. J'avais caressé longuement Poison qui était venu poser sa tête sur mes genoux, le grattouillant derrière les oreilles. Je n'aimais pas particulièrement les chiens, mais je savais que cela plairait à Napo.

Je suis assise, les pieds sous la table en bois ovale héritée de mes parents. Les chaises qui l'accompagnaient sont chez mon frère. J'aime cette idée que des petits bouts de notre foyer d'enfance sont éparpillés chez les uns et les autres. Un souvenir chez chacun. Une trace matérielle. Je passe ma main sur le plateau en bois, cisaillé par de multiples entailles de couteaux, plus ou moins profondes. La dernière date de ce matin. Ma tisane refroidit dans ma tasse. Je n'aime pas cette tasse, ça n'est pas la mienne. J'ai crié ce matin, quand j'ai entendu un : « et merde », suivi de la chute.

– Ça va ? Qu'est-ce que tu as cassé ?

C'est toujours très désagréable de casser un objet, encore plus le matin. Encore plus quand cet objet est précieux à quelqu'un. Et en particulier quand on sait qu'on va se faire engueuler. Mais je n'ai pas émis un son en constatant les dégâts. Il s'agissait de ma tasse, étalée, répandue, brisée au sol. Ma tasse qui me suivait d'appartement en appartement, toujours déménagée avec grande prudence, emballée, empaquetée, scotchée, calée dans un carton comportant la mention FRAGILE. À chaque déballage, je me réjouissais de la retrouver intacte, voyant là un signe sur le sens de ma vie. Comme une inscription indélébile dans mon histoire. Ce matin-là, Raphaël l'avait cassée. Ou elle lui avait échappé. Ou il l'avait jetée. Au moment où notre fille me demandait ce qui se serait passé si son papa n'avait pas été son papa mais un amoureux que j'aurais eu avant. Raphaël avait entendu, depuis la cuisine où il préparait le café. Cinq cuillères pour quarante centilitres d'eau. Un rituel matinal réconfortant. Il me le servait toujours dans cette tasse, que je lavais d'un jour à l'autre, afin d'être certaine de l'avoir à disposition le lendemain matin. Mon café n'a pas la même saveur sinon. Raphaël sait que c'est derrière moi, derrière nous. Mais au fond, il se peut que mon attachement à cette tasse le gonfle, certains matins. Sentir que tout cela, oui, c'est du passé, mais que j'y reste attachée. Que ça prend de la place.

La tasse était pleine quand elle est tombée. Le carrelage trempé, les pieds nus de Raphaël, l'anse dans un coin de la cuisine, incongrue, et mon regard apeuré naviguant entre ces trois éléments. Un mur s'est effondré, à l'intérieur de moi. Je me suis baissée et j'ai ramassé les morceaux. Je n'ai pas dit un mot. À quoi bon. Raphaël savait. Il savait ce que cette foutue tasse représentait. Les enfants dorment. Je bois une eau chaude. Je repense à la tasse. Comment sera le jour maintenant ? Rien ne m'attache plus à Yann. Et à Napo ?

J'ai croisé Yann cet été, par hasard. Toute trace de bonne santé semblait l'avoir déserté. J'essayais de me remémorer la dernière fois que je l'avais vu. Plusieurs années. Je n'étais jamais revenue auprès de lui. Je n'avais jamais revu Napo non plus, après cette visite à son appartement.

Ce jour-là, je m'étais demandé si Yann était venu volontairement à ma rencontre. Ou si cela pouvait être un hasard, sa présence, subitement. Il m'avait proposé, imploré presque, d'aller boire un café. Je n'en avais pas envie. Son visage me contrariait. Des visages souriants, des bras potelés, des rires m'appelaient. Le voir, là, faisait tache. Je portais une longue robe à fleurs estivale, mes lunettes de soleil coincées dans l'échancrure du décolleté. J'aimais beaucoup cette robe au tissu doux, j'aimais la ressortir chaque été. J'étais allée chercher de quoi faire à manger pour le midi même. C'était le jour du marché. Il me restait à acheter les fraises. Je n'avais pas osé dire non à Yann.

– Pas longtemps, alors.

Du gras recouvrait la table du café. On n'avait pas fait semblant de vouloir s'embrasser. On avait échangé quelques banalités. Puis :

– Il est mort. Napo est mort.

C'est son chien qui avait donné l'alerte. La voisine avait les clés alors les pompiers n'ont pas eu à enfoncer la porte. Poison gueulait comme un damné. Il se jetait contre les murs, dans les coins. Il avait griffé le canapé jusqu'à l'éventrer. Napo y était allongé, dans le canapé. Du vomi partout. Encore frais, gélatineux. Le chien avait léché le visage de Napo. Yann m'avait donné tous ces détails. J'aurais préféré qu'il se taise. Mais il avait continué. Je m'étais demandé s'il m'en voulait.

Yann avait énuméré un à un les éléments de la scène. Je m'étais efforcée de ne pas la visualiser. Mais il se débrouillait plutôt pas mal pour dépeindre la mort de Napo, et malgré moi, des images planaient dans mon esprit. Punk jusqu'au bout, il avait dit. Je n'avais pas trouvé ça drôle. Je n'avais pas trouvé non plus que cela rendait hommage à l'homme qu'avait été Napo.

– Déjà qu'il était épileptique, alors, ça en plus… Pauvre vieux…

Je m'étais perdue dans mes pensées. Je n'écoutais plus vraiment Yann.

– Pardon ?

– Non, rien, laisse tomber.

– Si, dis-moi, Yann. Excuse-moi, je pensais à Napo.

– Je disais juste que c'était pas de chance quand même pour Napo.

– Pas de chance, quoi ?

Je m'étais demandé où Yann voulait en venir. C'était une évidence, que le mot « chance » accolé au nom de Napo, ça ne coincidait pas.

– C'est quand même con, ces apnées du sommeil, en plus de son épilepsie.

Je m'étais figée.

– Elsa ?

J'étais restée immobile face à Yann, quelques secondes, dans ce café aux tables collantes.

– Elsa, c'est un peu dur là sans doute, on peut en rester là.

Je n'avais pas bougé, tétanisée. Mes yeux, seulement, oscillaient, scrutant le visage de Yann. Je m'étais appliquée à éprouver la colère, en moi, gronder dans mon ventre, enfler dans mes poumons et s'étrangler dans ma gorge.

– En rester là ? Oui, on va en rester là. Bien sûr qu'on va en rester là. Mais avant tu m'expliques. C'est quoi, cette histoire d'épilepsie ?

– Je croyais que tu savais, enfin, que tu t'en doutais. Enfin, je sais pas. Toutes ses absences, c'était à cause de ça.

Les absences de Napo. Celles dont Raphaël s'était inquiété, celles que j'avais remarquées. Ses disparitions, quelques secondes, deux minutes, tout au plus, dont il revenait, hagard. Le corps ne bougeait pas. Les pupilles affolées qui tentaient de s'accrocher à nous, à un contenu solide, s'agitaient de droite à gauche dans le blanc des yeux, trouvaient finalement un point fixe et s'y agrippaient.

– Et pourquoi je l'ai jamais su ?

– Napo n'avait pas tellement envie que ça se sache. Il l'a su tard et il voulait pas qu'on s'apitoie sur lui. Puis, au fond, t'avais peut-être pas envie de le savoir. Parce que t'avais envie de le connaître à ta façon.

Yann avait raison, bien sûr que Yann avait raison. Il y avait tant de choses de Napo que j'ignorais. Tant de choses idéalisées. Napo, Yann, toutes et tous, au Hangar. Je n'avais vu que ce que je voulais en voir. Ça m'avait fait mal quand même, que Yann me balance ça maintenant.

– Mais comment c'est arrivé ? Comment il a su ?

– Après que Raphaël lui a parlé, sur le chantier. Ça l'avait travaillé, faut croire. Après notre été sur le bateau, il était allé voir un toubib. Napo, il était pas du genre à s'épancher, mais… il avait eu la frousse. Il était fatigué, je crois.

– Et comment tu l'as su, toi, alors ? Caroline était au courant ? Et Raphaël, tu lui avais dit, que Napo était allé chez le médecin ?

– Caroline, oui. Moi je l'ai appris par hasard en fait. Je l'ai croisé un jour qu'il sortait d'une pharmacie. Et je sais pas, ce jour-là, il avait besoin de parler. Ou de se justifier. Je l'ai jamais dit, à personne.

J'étais restée songeuse un long moment, absorbée par le va-et-vient de ma cuillère dans ma tasse. Les yeux de Napo à ces moments-là, ça me faisait mal. Je le revoyais, assis parmi nous, assis à côté de moi, mais d'un coup il ne restait plus que sa carcasse désertée, sa cigarette pendue à ses lèvres, ses épaules affaissées. J'avais préféré ne pas y prêter attention. Ça faisait partie de lui, c'était comme ça.

– Allez, va. T'es pas la seule, à voir des autres seulement ce que tu as envie de voir d'eux.

Le va-et-vient de la cuillère dans ma tasse presque vide.

– Ça aurait rien changé, non, que tu le saches ?

J'étais restée un peu. J'avais recommandé un café. Yann, une bière. Mon bras collait à la table. Cela produisait un bruit de succion quand je le levais pour attraper ma tasse. J'avais observé Yann. Ses yeux ne reflétaient qu'une grande lassitude. Sa peau était usée, presque jaune. Il lui manquait une dent. Je m'étais surprise à imaginer son corps vieilli sous ses vêtements, à me demander si j'aurais pu encore éprouver du désir pour lui. M'était revenue notre conversation d'un matin, sur le fait qu'il ne cotisait pas à la Sécurité sociale, et ne voulait pas le faire, sa théorie sur la douleur. Je n'avais pas été totalement convaincue à l'époque, même si j'avais retenu cette idée d'endurer un peu plus et, surtout, de me laisser guider par mon corps. Je constatais ce jour-là qu'il aurait eu besoin, sans doute, de consulter plus souvent le médecin. Mais je n'avais rien dit.

Les conversations résonnaient autour de nous. Nous étions restés là un moment. Sans cette gêne qui avait accompagné notre premier rendez-vous. L'odeur planait toujours, rassurante, de tabac froid, d'haleines chargées, de lassitudes communes. Quand je m'étais levée, Yann avait souri.

J'avais mis du temps à rentrer. J'avais eu besoin de digérer la rencontre avec Yann. La mort de Napo. J'avais emprunté les petits chemins le long de la côte, gravissant les escaliers à pas vifs, ralentissant pour me perdre dans l'horizon, m'asseyant sur une pierre qui m'avait fait mal aux fesses, mais restant là, presque soulagée par l'inconfort. Je n'avais pas accepté tout de suite que j'étais triste. Triste du temps perdu, triste des vies qui s'égarent, triste que Napo soit mort et triste parce que jamais, plus jamais, nous ne ferions de traversée.

« Ça aurait rien changé, non, que tu le saches ? »

J'avais mâché, puis remâché la conversation avec Yann en empruntant la côte qui me ramenait à Raphaël et aux enfants. La sensation de la table poisseuse persistait sur ma peau. La pente était raide. Je grimpais tout en frottant avec acharnement mes avant-bras sur ma robe. Ça ne partait pas. J'étais engluée. J'en voulais à Raphaël autant qu'à moi-même. On aurait dû insister, Raphaël aurait dû insister, c'était son boulot, après tout. Et moi, moi qui n'avais rien voulu voir. Mais qui étions-nous pour nous mêler de la vie de Napo ? Les mots de Raphaël avaient malgré tout aidé. Trop tard, peut-être. Mais il les avait dits, et Napo avait entendu. Je m'étais demandé si, de savoir, ça avait changé quelque chose, pour lui. Était-ce à cause de ça, l'appartement ?

Raphaël commençait à s'inquiéter, quand, enfin, j'étais rentrée. À apercevoir mon visage, il m'avait ouvert grand ses bras et je m'y étais écroulée. Les enfants jouaient dans le jardin, leurs éclats de rire ricochaient jusqu'à moi. Raphaël m'avait pris la main et guidée jusqu'au canapé.

– J'ai vu Yann, Napo est mort.

J'avais voulu prononcer cela d'une voix sans accroc, mais sur la dernière syllabe, j'avais laissé échapper un sanglot. Raphaël avait esquissé un geste de réconfort, l'avait finalement retenu, et s'était levé. J'avais entendu le gargouillis de la bouilloire, la porte de placard qui se ferme, le cliquetis de la cuillère et ses pas revenir vers moi. Sur le plateau, la théière d'où s'échappait une volute de vapeur, deux mazagrans.

– Merci, pour les mazagrans, avais-je murmuré. Tu sais, Napo, il n'a pas voulu que changer le monde. D'ailleurs, finalement, je ne crois pas qu'il ait eu cette prétention. En fait, je ne sais pas trop, ce qu'il voulait.

– Vivre, juste vivre, comme nous toutes et nous tous, non ? Différemment de toi, de moi et de beaucoup de monde. Et il a bien réussi, avait tenté Raphaël

– Je n'ai pas besoin d'être consolée.

Ma voix, assourdie, mon visage, renfrogné.

– Enfin, si, tes bras, le thé, ça me fait du bien. Mais parler ? Pour dire quoi ? Napo est mort. Je ne le voyais plus, je ne savais rien de lui. Je ne suis pas triste pour lui, enfin si. Je dis n'importe quoi. Je suis triste pour moi. Pour le temps qui a passé. Pour Napo qui n'a pas réussi à être un exemple. Pour moi qui ne fais rien de tout ça, qui ne fais que profiter. Et puis, les enfants, nos enfants… est-ce qu'ils auront encore la chance de croiser des gens comme Napo ?

Raphaël avait versé le thé dans les mazagrans. J'en avais saisi un avec brutalité. Le thé bouillant s'était répandu sur ma main. Ça avait presque été réconfortant. Quand j'avais demandé à Raphaël s'il savait, pour l'épilepsie de Napo, ses sourcils s'étaient contractés.

– Ah, c'était ça, alors. J'avais pensé à autre chose, quand je lui avais parlé, sur le chantier. Un trouble psy ou une affection liée à l'alcool, enfin, quelque chose comme ça. J'avais juste vu que ça n'était pas normal, ces absences.

– Oui. C'est grâce à ce que tu lui as dit, qu'il a été consulter.

Je lui rapportais ce que Yann m'avait relaté. L'épilepsie, et les apnées du sommeil qui s'étaient ajoutées.

– C'est lié aux médicaments je crois.

– Ça me fait une belle jambe, de savoir ça.

– Pardon, ça change rien. Moi aussi tu sais, ça me rend triste, pour Napo.

Les enfants étaient entrés en courant et m'avaient sauté dessus en poussant de grands cris. Chaque fois, c'étaient des retrouvailles, même quand je ne partais pas plus d'une heure. Je les avais serrés contre moi, j'avais enfoui mon visage dans leur cou. J'avais reniflé avidement leur odeur incomparable, de chaud, de sucre, de lait, de morve étalée sur les joues, de mains mal lavées, de shampoing à la pomme, de chutes et de genoux écorchés, leur odeur, inestimable, comme un trésor qui disparaît.

– On va à la plage ?

– Napo, pour Napoléon ?

Devant son air incrédule, je m'étais doutée que ça ne devait pas être ça.

– Napoléon ? Nan mais oh ! Non, Napo comme Napo Romero.

Napo avait ajouté :

– Les Chihuahua, Napo Romero.

– Les Chihuahua, ça me dit rien. Napo Romero, je connais, c'est celui qui jouait avec les Frères Misère non ?

– Heu, oui, aussi, mais surtout les Chihuahua quand même, je préfère. Les Frères Misère, je sais pas, c'est pas mal, mais j'aime moins. Comment tu connais ça, toi ?

– À cause de Mano. Mano Solo.

– Ah oui, ça m'étonne pas, tiens, que t'aimes bien Mano Solo. Il avait joué un peu avec les Chihuahua, d'ailleurs, mais pas longtemps.

– Ah bon ?

– Ouais, mais bon. En tout cas, Napo, parce que j'adore ce mec, je les ai vus en concert, les Chihuahua, et il paraît que je lui ressemble un peu, alors un copain, à l'époque, s'était mis à m'appeler comme ça. Ça m'est resté. Tout le monde m'appelle comme ça maintenant, et moi, je préfère. C'est mieux que mon vrai nom.

Je n'avais pas osé lui demander son vrai prénom. J'aurais aimé le connaître, son vrai prénom. Je ne sais pas à quoi cela m'aurait avancée. Je me demande si, sur sa tombe, il est écrit *Napo*. Et son vrai prénom. Ou juste son vrai prénom, enfin, son prénom de naissance qui n'était pas celui qu'il avait choisi.

Je pense à tout ça. Je pense à son épilepsie. Je me remémore cette conversation. Après ma rencontre avec Yann, après l'annonce de la mort de Napo, après que Yann m'a appris sa maladie, j'avais effectué quelques recherches sommaires sur internet. Sur l'épilepsie. Je ne connaissais rien de cette maladie. Je n'y avais jamais été confrontée. Enfin si, une fois, à la boulangerie. Un client dans la file avait soudain poussé un cri. Les gens devant lui s'étaient retournés, surpris. Je lui faisais face, derrière le comptoir. Je l'avais vu s'écrouler, de toute sa hauteur. Les autres clients s'étaient écartés. Soudainement, l'évanouissement des bruits : plus de doigts qui tapent le montant sur la caisse enregistreuse, plus de pièces de monnaie qui tintent dans le tiroir, plus de ticket qui s'imprime, plus de « bonjour madame, une baguette s'il vous plaît, pas trop cuite si possible ». Le silence et le souvenir d'un corps qui tombe, heurte violemment le sol carrelé. Des convulsions avaient secoué le corps chu. Nous, les autres, nous n'avions pas bougé. Nous regardions les spasmes désordonnés. Après quelques secondes d'hébétude, j'étais sortie de derrière le comptoir. Je venais d'obtenir mon brevet de secourisme et il m'était venu à l'esprit qu'il fallait que je fasse quelque chose. Mais quoi ? Des borborygmes effrayants sortaient du corps tombé, de la bave coulait. Je m'étais agenouillée et j'avais pris la main du corps gesticulant. C'est étrange de prendre la main d'un inconnu. Je n'avais rien su faire d'autre que caresser cette main et murmurer : « Monsieur, monsieur, je suis là, monsieur, ça va aller, nous appelons les pompiers », en boucle. Babette m'avait crié : « C'est bon, ils arrivent », et les secousses s'étaient lentement espacées. Le corps avait continué à émettre des bruits gutturaux, brefs, puis plus rien. Plus de mouvements, plus de bruits. Seule la bave coulait de la bouche distordue. J'avais continué à caresser la main.

C'est la seule et unique fois où j'avais été confrontée à cette maladie. « Sans doute une crise d'épilepsie, nous avaient dit les pompiers, on l'emmène. » Le corps avait ouvert les yeux. « Vous pouvez lui lâcher la main, maintenant », m'avait avisée un pompier gentiment. Babette et moi, et les clients de la file d'attente, les avions observés emporter le corps sur la civière.

– Ben, dis donc, t'as assuré, m'avait soufflé Babette en s'essuyant les mains sur son tablier plein de farine. Va boire un coup derrière, prends-toi cinq minutes et tu reviens.

Cinq minutes plus tard, j'étais de retour, et je n'avais jamais rien su du corps tombé. J'avais pensé à lui pendant quelques semaines, et puis plus du tout.

Quand Yann avait parlé d'épilepsie, l'incident m'était revenu. Mais Napo, jamais je ne l'avais vu dans cet état. L'écume aux lèvres, le corps électrique, la bouche déformée, la gorge martelant l'espace de plaintes sourdes, rentrées, lancinantes et brèves.

– Il y a plein de formes d'épilepsies, tu sais, m'avait répondu Raphaël quand je l'avais questionné. C'est vrai qu'on se figure toujours ça, ces crises colossales, mais en fait, je crois que c'est pas forcément le plus courant.

Mes recherches sur internet avaient confirmé qu'il existe en effet tout un tas de syndromes, et qu'il n'y avait pas une, mais des épilepsies. Des crises généralisées, des crises focales, des épilepsies-absences, des auras extatiques, des myoclonies, des crises tonico-cloniques, des contractions, des blocages de la respiration, des râles, des pertes de conscience, des rigidités, des pertes d'urine, des troubles cognitifs, des langues coupées, des chutes, des blessures. L'angoisse. L'affolement.

La longue conversation avec Caroline m'était revenue. Les chutes de Napo, ses difficultés à l'école. L'épisode où il avait failli foutre le feu à l'appartement de ses parents, qu'il m'avait décrit. Les soupçons de Raphaël. Et tous ces moments pendant la traversée où Napo n'était plus avec nous, ses clopes comme une extension de lui-même, éteintes au bord de ses lèvres. Je m'étais remémoré sa presque noyade. J'avais lu aussi que les apnées du sommeil, ça pouvait être ça. Et j'avais découvert, aussi, que Napoléon était épileptique.

C'est froid, ça saisit le pied puis la cheville. Ça engourdit la jambe, c'est délicieux. Il faut être tenace pour continuer l'immersion, tenter d'avancer jusqu'aux hanches, puis les seins. Enfin, plonger. S'engloutir. Le corps est enveloppé, délesté de sa lourdeur, c'est encore mieux quand la marée est haute. L'hésitation alors ne peut pas durer, l'eau arrive vite à la taille. Quand les vagues se fracassent contre l'escalier, les gerbes jaillissent, blanches, et des gouttelettes retombent en cascade. J'aime cette sensation, je l'ai toujours aimée. Ce froid presque suffocant, qui coupe la respiration puis se transforme en chaleur. Les membres parcourus d'une énergie dévorante tandis que l'esprit, inondé de clarté, déborde de bien-être. La tête plonge alors, et entière, je disparais.

Je ferme les yeux, je bloque ma respiration, je gonfle les joues et jouis de cette absorption. Je suis avalée. Le poids sur le dos, les deux couches du monde au-dessus de moi, le ciel, la mer. Je plonge un peu plus loin. Je me sens bien. Mais il faut déjà remonter. Le souffle retenu aspire à la libération, les poumons affolés exigent un retour à l'air. Les pieds battent, les bras écartent les flots et je réapparais. Une envie furieuse de vivre chaque fois réaffirmée. Mes yeux ne s'ouvrent pas tout de suite, recouvert de cheveux ruisselants, je les dégage d'un geste familier, effectué des milliers de fois, et ma bouche s'ouvre, mes narines frémissent au contact de l'air. Je reviens dans l'entre-deux-mondes. Je regarde la plage. Raphaël et les enfants sont là, ils m'attendent.

Merci à Sophie qui est là où tout a commencé.

Merci à Quique qui n'a cessé de m'encourager.

Merci à Julia qui m'a donné l'impulsion.

Merci à Lena qui a été fouiller la bibliothèque pour moi.

Merci à toutes celles et tous ceux qui partagent l'aventure : mon père, ma mère, mes frères et ma sœur (♪ ♫), mes belles-sœurs, ma grand-mère, mes beaux-parents, Marie Sathi et toute sa famille, mes collègues (mention spéciale à Cyrielle, Fabienne et Guylène), les copines et les copains.

J'aurais aimé remercier à temps Marie Couray, Benoît de Peufeilhoux, Ricardo Montserrat.

Merci (*bis*) à Anaïs pour les rires.

Merci à Christine, évidemment.

Merci à Marie Eugène pour sa lecture sensible et sa compréhension immédiate, ses suggestions toujours pertinentes, ses remarques bienveillantes et parfois drôles, merci d'avoir cru en ce texte.

Merci à Amélie Bouton pour son incroyable travail de relecture, et à toute l'équipe des éditions Phébus.

Merci à Romain, Victor et Lola pour toutes ces joies, ces apprentissages, ces émotions intenses, pour la vie quotidienne, et notre amour.

Merci à vous que j'ai croisés un jour sur le chemin.

Cet ouvrage
a été mis en pages par In Folio
reproduit et achevé d'imprimer
en février 2025
dans les ateliers de Normandie Roto Impression s.a.s.
61250 Lonrai
N° d'imprimeur : 2405945

Imprimé en France

Dépôt légal : mars 2025